我想活下去

從大饑荒與我們最幸福中逃亡，兩韓女子的真實對話

朴智賢（北韓）
&
徐琳（南韓）
——著

蔡孟貞
——譯

Deux Coréennes

推薦文①

這才是真的「愛的迫降」

導演／盧建彰

當身邊朋友都在追劇《愛的迫降》時，我在讀《我想活下去》，這難免讓我覺得自己脫離了現實。

我一下子也不太能讓自己有合適的方式排解這個異樣感，因為書中的描述，多少脫離了我習慣的現實，閱讀的過程裡，我有許多適應不良。

沙丁魚頭肥皂

你有用過沙丁魚頭做的肥皂嗎？

煮一大鍋熱水，然後把充滿豐潤油脂的沙丁魚頭丟入，隨著熱水翻騰，結成硬塊，就變成肥皂，可以拿來洗澡、洗衣服、洗頭髮，唯一的壞處是，會有魚腥味。

讀的時候有種非現實感，因為我超討厭魚腥味，要是手指有那麼一點味道，我就會認真地用肥皂刷洗，並且不斷地拿到鼻前嗅聞，來來回回，直到一點餘味也沒有。

可是，如果用來讓你的身體潔淨的肥皂，充滿了魚腥味呢？

那到底要怎麼辦好？到底要不要洗？

有些潔癖的我一直想著，有點沒答案，有點不知如何是好。

然後想，這大概是很久遠的事吧，應該是我們印象中的戰爭時期，至少有個七、八十年前吧？

我錯了。

主角只大我八歲。

換句話說，她說的是現代發生的事。

搭配上她說每年都有的一次上百公里的遠足，唱著以下這首歌，歌聲在山谷間繚繞，我想像著，那該是多麼怪奇。

〈世上已沒有什麼值得我們羨慕〉

晴天朗朗
滿心雀躍
手風琴的樂音飄揚天空
人民快樂地生活在一起
我愛祖國
我們最敬愛的父親金日成
我們的家，在黨的懷抱
我們都是兄弟姊妹
這世上已沒有什麼值得我們羨慕

虎毒不食子？

我想特別來談書末尾幾章的逃亡。

我們對好萊塢電影的習慣，任何逃亡的電影，都是在辛苦到達目的地後，一切變得美好，再也沒那麼辛苦。王子與公主從此過著幸福美滿的生活。

我們也總為過程裡家人間的情感動容，甚至掬一把淚。

這裡不太一樣。

她在姊姊、姊夫的鼓勵下，帶著她及弟弟，拋下久病的父親，逃亡中國。

先是一連串的驚險，在警衛的追問下驚險過關，然後在寒冬裡走過結凍的圖們江，經過幾個人蛇的波折，終於見到先一步逃離北韓、一年未見的母親。

這是亂世裡難得的團聚，但她說，母親的眼神游離，不敢跟她接觸。

之後，母親告訴她，她隔天必須要離開。實際上，是把她賣給了人肉販子。

直到這兒，她才知道，這一切都是預謀好的，因為北韓年輕女子在中國可以賣到好價錢，所以母親、姊姊和姊夫都知情，都計畫好，要把她帶到中國來賣，好換取金錢。

我當下好震撼。

不都說虎毒不食子嗎？怎麼可能會有母親這樣對待自己的女兒？

再看那時間，是一九九八年。

我正在享受我的大學生活，第四年，沒什麼課，每天都在打球，開心地和同學聊天。陽光灑在我身上，我沒什麼煩惱，風吹在我臉上。頂多想到和女友不太順利，頂多，頂多這種雲淡風輕的困擾。

我頂多想到，一九九八年我去當兵，不太習慣團體生活，但也頂多一個多月的新訓，我還忍受得了，而且你知道那是有期限的，過一天就少一天，你看得到隧道出口的光。

而在那同時，她被送到市場裡，供人出價，並在那之前，先被人蛇集團性侵。

被賣到市場前，和家人一句再見也沒有。

之後被買下，沒有身分，被丈夫性侵，被村人當作奴隸，下田耕種好養整天喝酒的先生，並在夜裡被毆打後性侵。

看到她的遭遇，我想的是，這算是哪門子的投奔自由？

看到她的母親，我想到的是人性在殘酷的時代，只能比時代還殘酷。

逃亡的殘酷

二〇〇〇年，我進入廣告公司工作，在光鮮亮麗的信義區，第一次進入職場，想著周杰倫的第一支廣告；而她在東北冰凍的田間，養著自己的第一個孩子，並被中國公安逮捕。

公安告訴她，父親是中國人的孩子送回北韓會被殺掉，不如賣掉，分給公安一半的錢，她就可以大搖大擺地走出去。

公安跟她要五千元。一個小孩只賣一萬元。

之後因為中國新年，公安放人，要她新年後來繳五千元。她就逃了，逃到牡丹江市，逃到哈爾濱市，中間不斷被欺負，但為了孩子，她吞下去。直到二〇〇四年被公安逮捕，關進監獄，跟孩子被迫分開。

那一年，我在奧美廣告絞盡腦汁地做著NIKE的廣告，努力想要在廣告競賽裡拿下大獎。那年，我透過窗戶，看到底下人潮滿滿地排著隊伍，因為喬丹來台。

透過新聞，當然，我們許多人都因為喬丹快閃而有點失望。

而她的失望，跟我們比起來也許該叫做絕望，她在牢裡近乎瘋狂地想著孩子，卻得接受生離，將被遣送回北韓勞改的命運。

她在被送回北韓前，關在中國的監獄裡，害怕被獄卒性侵，等回到北韓又是監禁後再送勞改營，直到腿部受傷感染要被截肢才放出，在偉大的祖國成為無家可歸的流浪者。

她只能再偷渡回中國。

我看到這兒，有些傻眼。

中國對她的傷害，不下於偉大的北韓祖國呀，怎麼會有人願意重蹈覆轍，再次忍受逃亡過程裡可能的被性侵，更別提，就算到中國，也只是另一樁悲慘命運。

答案是，為了兒子。

看到她的努力，我想到的是人性在殘酷的時代，卻能比時代更殘酷。

愛的迫降

後來，她再度偷渡回中國，並帶走兒子，尋求英國的政治庇護。

現在兒子在倫敦知名大學就讀，她為國際特赦組織拍了一部關於人權的紀錄片。

與她同時代的我們，在讀這本書時，到底能學到什麼呢？

我一下子說不上來，太複雜了，太難以下嚥了，但又覺得一定要試著做些什麼。

理解自身的幸福，理解他人的苦痛，並且試著理解那苦痛隨之而來的極端，同時在為自身的幸福慶幸時，隨時準備好為它奮戰。

我看完全書後，深深覺得，她的人生，才是真的「愛的迫降」。

關於推薦者：盧建彰 Kurt Lu

廣告導演、詩人、小說家、作詞者、講師、跑者，執導小英廣告「願你平安」「台灣隊加油」，「Google齊柏林篇」獲選十大微電影，與張鈞甯等合力創作高雄氣爆、八仙塵爆詩詞朗讀。著有《文案力：如果沒有文案，這世界會有多無聊？》

推薦序②

對話，讓三十八度線又窄了一點

專欄作家／彭紹宇

當上世紀冷戰遺留下的產物大多都已消逝，唯獨分裂的朝鮮半島至今依然提醒世人這段未決的歷史，仍每分每秒在這個世代發生著。一邊是經歷政治上民主化轉型、經濟上金融風暴後歷劫歸來，並以軟實力成為文化國際輸出的一流國家；一邊則是金氏王朝歷久不衰的展示品，是區域和平的未爆彈，是大饑荒、迫害、禁錮的代名詞。

三十八度線兩端，比世界上許多地理比鄰的國家更不像彼此，牽繫對方的，恐怕只剩相同的語言，與一種難以言表的民族情緒。

如何理解脫北者

脫北者文學是近代受到矚目的類別，著名著作舉凡《逃出14號勞改營》《為了活下去：

脫北女孩朴研美》《平壤冷麵》《我們最幸福》《平壤水族館》等等都揭露在此神祕國度下的人物群像。之所以吸引人駐足，在於它們同時體現人類對於自由的追尋，與對於一位盡其所能只為「生存」下去的逃出者，是如何發揮近乎本能的惻隱。然而另一方面，當我們聆聽的同時，也須思考究竟外人應當保持多遠的距離，也許基於博取同情，有些脫北者說辭往往被發現經過加油添醋，與事實有所出入，都是外界試圖拼湊北韓人民真實生活的過程中，容易遇上的阻礙。換個角度思考，悲慘處境是他們在自由世界上得以生存的武器，更是應對這個甚為陌生的資本主義體制，一種能迅速招徠注意的方式。儘管逃離鐵幕，亟欲「活下去」的掙扎從來就不曾遠去。

脫北者的歷史幾乎與兩韓分裂一樣悠久，尤其一九九〇年代北韓大饑荒後，脫北者數目便呈爆炸型成長，逃離路線主要為以下數種：赴中國尋求南韓領事館庇護、赴對脫北者較友善的蒙古國尋求庇護，或是過境中國後一路往南至東南亞。其中又以藏匿於中國並偽裝成東北朝鮮族居多。龐大的脫北需求已足以發展成一個「市場」，然因不可見光，遇上不良掮客或淪為人口販賣受害者的案例不勝枚舉，悲慘生活未因逃離北韓而改善，儘管屬於人權問題，卻常成為國際政治角力牌桌上的籌碼。

一場兩韓對話

本書《我想活下去》主角朴智賢（Jihyun Park）便是在大饑荒的時空背景下逃出北韓，跨越國境來到中國，只是等待她的不是新世界，而是性侵、賤賣、暴力，又輾轉被逮捕回到北韓集中營，最後再次逃亡中國的多舛命運。我們得以看見，是什麼樣的折磨使這位從小對黨忠心耿耿、對金氏政權深信不疑的女孩選擇離去，那是一個世界由內而外的徹底摧毀，而一切根源於一場「身分」的認同風暴，一個困惑引發更多懷疑，最終使她起身出發。經歷與父親的訣別、遭母親與姊姊的背叛，以及外在社會百般刁難與虐待，讀者才會發現，那句「我想活下去」，其實根本無法貼切形容她對於生存的迫切與渴求。

不同於其他脫北者著作，本書作者徐琳（Seh-Lynn）是位南韓人，因拍攝國際特赦組織紀錄片而偶然結識來自北韓的朴智賢，擁有迥異生活背景的兩位女子，在本書宛如進行一場兩韓對話——誰讓我們視彼此為仇敵？又是為什麼，明明說著同樣的語言，卻從來不曾完全理解對方？這些問題沒有寫在課本上，但如同下定決心脫離北韓一樣，一旦開始碰撞後，便再也沒有回頭路。

兩韓該統一或持續分裂？

我曾經問過幾位南韓朋友這個問題，幾乎都會得到這樣的回答——「最終要統一，但不是現在」，這是與兩岸問題最大的差異處。然而統一似乎更像是遙遙無期的心願，美好但不切實際，正因兩韓自一九四五年實質分裂之始便朝著反向前進，早已是大相逕庭的不同國家，脫北者在南韓的適應成為問題，因口音被歧視或求職受阻的案例頻傳，單憑語言和民族相同，只會如童話故事般一味予人美好的想望，不過現實並不如韓劇般浪漫，七十多年來兩韓對話偶有前進倒退，卻多為原地踏步，正因南北韓問題不僅牽涉體制或政權的硬碰硬，周邊強權的勢力和折衝，也注定使朝鮮半島關係複雜化。

儘管如此，人民之間接觸與諒解絕對是緩慢前進的力量，他們終將發現，即便所有意識型態最初都是人類想解決問題的產物，卻反倒製造更多問題，成為禁錮彼此的銬鐐。

本書便是一次對話，一次理解，是促使彼此踏上通往和解，那條必經之路。

關於推薦者：彭紹宇

專欄作家，影評人，韓國文化研究者，經營粉絲專頁「韓國的筆記」。一九九七年生於台中，政大外交系、國貿系雙學士。將赴倫敦大學國王學院攻讀研究所。評論作品散見於各大媒體，亦書寫國際局勢和時事觀點，盼藉文字帶來改變。

目錄 CONTENTS

*本書章名僅為中文版編輯構成。

前言

智賢經歷的一切很可能會發生在我身上。她與我年齡相仿，說同樣的語言，一樣愛吃泡菜，而且也是韓國人。她為了脫離暴政、保護家人，先逃到中國，十幾年前才獲得英國的庇護。我呢，差不多在這同一時期，我因著父親工作調派的緣故，移居倫敦。我沒有像智賢那樣，涉水橫渡圖們江，或是長途跋涉挑戰蒙古沙漠，但我來回穿梭諸多國之邊界。每回穿越國界，韓國籍的身分認證就像是烏龜身上套著的那層殼，跟著我一路從一個國家入境另一個國家。智賢來自北方，我來自南方，卻有同一個認同：我們倆都是韓國人。光這一點就足以連結起我們。

記錄她在北韓那段日子的同時，我接納了她的觀點，走進了她的內心世界，我變成了「她」。我們有著截然不同的人生故事，但童年、死別、苦痛、夢想卻是相通的。智賢描述北韓人權狀況的同時，我因為自己出生在「好」的那一邊，內心的罪惡感油然而生，壓著我手中的筆；我聽著她回憶自己的童年、家庭、工作、囚改營、奴隸般的生活和逃亡，我記錄著，焦急得想串連起這兩條人生，給出連結，做出修補。我們倆都強烈地渴望告訴這世上的其他人，假如這個國家沒有分裂、沒有遭到日本占領、沒有爆發韓戰，我們會成為什麼樣的女性？無論如何一定要掀開那神祕面紗，揭露事情的真相。我一定得寫出來。

二〇一四年，曼徹斯特，我和智賢的第一次相遇，緣於國際特赦組織（International Amnesty）拍攝的一部紀錄片。擔任口譯的朋友臨時有事，緊急情商請我代班：工作內容基本上是用韓文訪問智賢，再把她的回答用英文謄寫下來，趕在近期將推出的紀錄片《另類訪談》（The Other Interview）上映之前交稿即可。我不是專業的口譯人員，因此不禁有些焦慮，但真正令我緊張的是別的：和北韓人對談？不會有危險嗎？不是禁止的嗎？萬一她是間諜怎麼辦？我一邊努力試圖解答內心的疑問，一邊填寫國際特赦組織的表格，接下了這份任務。有一股無法名狀的東西敦促著我接下它。跟著特赦組織團隊一同從倫敦到曼徹斯特的車上，紀錄片導演向我簡報了這項計畫，然而，在我內心播放的卻是另一部影片。

我彷彿回到一九七六年我們家在首爾的公寓，小時候房間的牆面，牆上的海報：鮮紅的底色上一隻緊握的拳頭，揮舞的拳頭上是大大的幾個字：「打倒共產黨」，這張海報獲得了我們那區小學舉辦的反共海報競賽銀牌的殊榮，底下還有我的名字徐琳。每個月十五號宣告戰爭演習開始的警報聲——一九五三年韓戰結束後施行的措施——又在腦中響起。每次演習，生命彷彿靜止：街上不見車輛、操場沒有孩子奔鬧。直升機在天空轟轟飛過，家家戶戶躲進自家公寓樓房的地下，專為躲避空襲而預備的防空洞。首爾形同空城，二十幾分鐘後，一切回歸常態，彷彿什麼事都沒發生過。

出身自外交官家庭，我很小的時候就對「另一個」韓國的存在非常敏感。當父親被派到非洲任職時，整個城的南韓外交圈大概總共就那麼三、四個家庭，照理說北韓外交團的人員也應當差不多，或許少一些。總之非常難得看到「他們」——就算在超市碰見了，也不過短短三分鐘——因為他們很少出門，而且總是團體行動。

那是我跟北韓人的第一次接觸，儘管彼此外型相似，感覺上彼此間的距離卻是好遙遠。母親告誡我，千萬不能跟他們交談，一定要緊緊拉住她的手，隨時緊挨著超市手推車，免得被綁架。當我們開車行經他們身旁時，我總是狠狠地瞪著他們。心裡雖然害怕，但起碼我人躲在車窗裡頭啊，他們不能對我怎麼樣。在我的認知裡，北韓人是我們不共戴天的敵人，結果他們竟然出現在我們眼前！

扣除掉這些不期而遇，非洲的生活對一個韓國女孩來說是很棒的人生經驗。一雙單鳳眼，一頭烏溜溜的直髮，對某些人來說，我怎麼可能不是李小龍或成龍的遠房表妹呢；相對地，在另一些人的眼裡，我來自一個勤奮的國家，經濟「奇蹟」的典範。家門口總是國旗飄揚，我夢想著將來成為我們國家的總統。我在法國的多數朋友並不了解南北韓的不同，就某種程度來說，這樣也不錯：我是韓國人，在我的想法裡，韓國指的就是南韓。北韓不屬於「我認知」的韓國。一九七九年，我十四歲，父母親告訴我朴正熙總統遇刺身亡了。我母親淚流滿面。我也覺得悲傷，只是不清楚為何傷心。歷史的覺醒慢慢在我心底成形。

訪談準備就緒。我看著眼前的朴智賢，她跟我差不多年紀，跟我一樣戴眼鏡。她看起來相當「普通」，沒有什麼「罪大惡極」的地方。儘管如此，我非常害怕。萬一她把我當成「臭資本家」怎麼辦？又萬一我不經意地說出了什麼可怕的話怎麼辦？我從來沒想過自己會處在這樣的情況底下。

她羞怯戒慎地為我們斟茶，收音工程師則忙著調整別在她襯衫領口的麥克風。這段時間，智賢臉上一直掛著笑，也很有禮貌，卻沒有正眼看過我。

當她開始訴說，我早先的恐懼慢慢轉變成震驚。眼淚泛上眼眶，遮蔽了我的視線。我仔細聆聽，捕捉她所有情緒，不放過任何一個字，和任何聲音的細微變化。專訪結束了，我也精疲力竭了，奇怪地卻感到心滿意足，如釋重負。在這場翻轉對北韓人既定想法的拉鋸戰中，我贏得了一場戰役，成功地把人道概念擺在政治論述的前面。我剛剛認識了一位在政治圈裡絕對噤聲不談的北韓女性，身處逆境卻依舊閃耀人性光輝的勇者。這是天上掉下來給我的一份小禮物。

之後，我倆的人生路又在倫敦舉辦的幾次人權大會上數度出現交集，每次相遇我們總是非常高興，只是我們倆個性都太保守。這幾次的相遇改變了我對這個分裂國家的前景看法，至少我是可以比較理性地看待了。我們倆，分處邊界的兩邊，她在北，我在南，各自以自己的方式模擬了一場戰爭，將近五十年之久。我是她的敵人，她是我的死對頭。我們是「好人」的一國，他們是「壞人」的一方，他們那邊則是反過來。拜世界強權之賜，我們雙方反目成仇。疑問接踵而至，我止都止不住：那五千年的共同歷史呢，該如何看待？

曼徹斯特專訪之後的兩年裡，我的看法逐步醞釀成形，我比任何時候都更想解開這個最根本的身分認同的問題。兩年，是否已經足以讓智賢和我建立起互信的橋梁？

一天，她問我願不願意幫忙把她的故事寫下來。她希望由一位韓國女性來執筆，因為她想說的心情故事無法用另一種語言來表達。她想要能生動傳遞，但不帶批判的文字。英國和加拿大的官員提議她寫書，但她不想透過中間翻譯。她也不想沾染政治——「我情願把這個留給政客」，她對我說。她想觸及人的內心，你的，我的。她只想訴說一個「平凡的」北韓家庭的故事，告訴大家他們所遭遇的那些你我均無法想像的苦痛。兩個人一起。只是，要達成這個目標，分享我們的故事，並不是件容易的事。

我答應提筆為的是，想替這些在歷史長河浮沉的小老百姓發聲，是因為被撕裂的民族無人提及。我想成為領頭羊；走出國家分裂導致的痛苦，這場二次大戰結束後留下的歷史悲劇，難以承受的分裂。當我跟身邊的人談到智賢時，每個人都表現出很大的興趣。我要寫出她的奮鬥故事來拯救其他人的生命。我一定要把她的故事寫出來。

本書源起於一段偶遇，而後有了諒解和夢想：韓國統一的夢想。是的，她在共產政權底下成長，我在民主社會長大；是的，她被迫離開祖國，無法再回去，我憑自己的意願選擇出國，可以隨時回去，然而時序走到今日，我們已經不能只著眼於那些將我們一分為二的差異了。

這是智賢的故事，也是我的故事。我花了好長的時間才領悟到北韓也是我國的一部分；一句韓國老話說得好：「不朝自己臉上吐唾沫。」北韓人也好，南韓人也罷，重要的是我們都是韓國人。

由於對這個北方大魔頭的認識太少又長期忽略它，以至於現階段情勢的發展令我瞠目結舌不敢置信：北韓天天躍上報紙頭條，卻依舊神祕如昔。韓國不僅僅是南方的「江南Style」和北方的核子試爆而已。在這兩個刻板印象之外，更有一群跟我們一樣的平凡百姓。

我們希望本書能發揮引領的作用，喚起人民的意志，打破界線兩邊被迫隔絕七十年的局面。也希望書中所有第一人稱的「我」，都能共有一個身分認同，都是一個韓國的人民。更希望能開創歷史（Histoire），開啟韓國人以自己的方式完成統一大業的契機。

第一章

童年

每一年我的生日，
我有資格享用一整碗白米飯，
不必分給其他人，這就是至高的奢侈。

「媽，妳當初為什麼會拋下我？」

二〇一二年一個曼徹斯特的午後，阿鋼依偎著我坐在長椅上，問了我這個問題。我努力嘗試著想給他一個答案，終是無語。該從哪裡說起呢？他還記得多少？當年我將阿鋼留在中國，不讓他跟我到北韓受牢獄之苦，那個時候他還好小；一年後我重回中國找他，之後為他取得了英國的庇護，如今我們倆總算否極泰來，平安、快樂……難道我們不快樂嗎？

只是那些問題始終在我腦裡翻騰，就像狂風吹起的落葉，「拋下」這個字眼更激起內心的驚恐：我的心揪緊，罪惡感湧現。我很清楚就是這個問題，它將我用沉默築出的世界敲出了一條裂縫。這個世界所呈現出的平靜祥和不過是層表象，這是一個搖搖欲墜的世界。我一直以為什麼都不說就能夠撫平過去燒烙的傷痕。一想到從二〇〇四年母子分別到現在，他一直忍著不敢問，我的心就如撕裂般的痛，眼淚也籠上雙瞳。一想到我讓他整整隱忍了八年，默不作聲，選擇把一切藏在心裡，我痛得無法自拔。我不想再隱藏我的情感了。我必須告訴他為什麼我無法簡單一句回答他：「我沒有拋下你。」我必須告訴他為什麼我沒辦法行諸於文字，為什麼話語出不了喉嚨；我必須說出我的故事。

遙遠的往事宛若幽暗夢境般重現，那是一個我眼睜睜地看著崩解的被遺忘世界，吞噬了我最珍愛的人和地。我肯定再也回不去了，那個地方就是清津，一個位在北韓東部海岸的城市，行政上隸屬咸鏡北道。

清津市區沿著狹長平原而建，一面是峭壁嶙峋的山脈，另一面則朝向分隔韓國和日本的遼闊大海——韓國人稱之為東海，日本人則叫它日本海。因為靠海，所以就算是盛夏的暑氣也還能忍受，可是到了冬天，氣溫大多降到零度以下，冷得刺骨。清津本來是個小漁村，但它位處日本和滿洲里之間的戰略地位，使得它在日據時期的一九一〇年到一九四五年間蓬勃發展。到了一九七〇年代，它已經成為動能強大、吞吐量驚人的工業港，這得感謝沿著海岸聳立的一間間煉鋼廠和合成紡織廠。日本和蘇聯都選上這個工業城為他們的最惠商業合作夥伴，自此清津快速發展，人口急遽衝破五十萬，躍居北韓第三大城市。

就在這座大城的南方，一處叫做羅南的大行政區裡有一間十六米見方的小公寓，我看見了一個年僅四歲的小女孩——我。當時羅南以養殖九德雞，以及為了滿足清津眾多工廠員工住宿需求而廣建的公務住宅聞名。

我的父親名叫朴聖日，是開挖土機和拖拉機的司機，母親盧恩淑則是家庭主婦。婚前他們倆在同一間工廠工作，結婚之後，她選擇留在家裡，成了歐巴桑、大媽；既然北韓法律允許她可以不用工作，何樂而不為呢？母親進工廠沒多久時間，父親就留意到她了。她負責開小型堆高機，父親看著她活力盎然地操縱機器的模樣，心想她可能會是自己理想的配偶人選；父親的母親老了，還有兩個兄弟和一個妹妹要照顧，他需要一位勤勞且柔順的妻子。他只需要隱瞞她的身分，不讓他母親知道就行了，因為他很明白如果她知道了她未來的媳婦不屬於主體思想*體系，亦即她不是共產黨員，也就是說她的社會階級低下的話，她一定不會答應這門親事。

我出生的時候，姊姊明實並不住在家裡。從爸媽的口中隱約了解她去跟奶奶一起住，我也沒再追根究柢；弟弟正鎬還沒出生，所以那時候公寓裡只有我們一家三口。那是一棟座落在羅南的紅磚樓房，我們家在四樓。每層有十戶，每一戶都標著號碼：雙號戶只有一個房間，單號戶則有兩間房。父母結婚時分派給我們的公寓是四號，位在走廊的尾端，旁邊就是通往屋頂的門——但我不可以從那裡進出。樓房的名稱則依住戶的工作單位而定，譬如「煉鋼局」或「造船廠」。我們住的這棟叫「機械二局」，是我父親任職的工廠名稱，專門拖吊和修理車輛。裡面的所有住戶都在同一個地方工作，大家都拿一樣的薪水。這裡是「勞工的天堂」。

* 譯註：金日成創立的朝鮮勞動黨的思想體系和理論基礎，闡明人民群眾是革命和建設的主人，也是推動革命和建設的力量。換言之，人是自己命運的主人，也是開拓自己命運的力量。

每棟公寓都設有人民班（인민반）；意指「人民」和「班級」之意。「人民」這個詞在日常生活當中如此常見並不足為奇：因為所有的一切皆屬於人民集體擁有，個人無恆產。樓房的大門口有一座玻璃崗亭，這是樓長——即所謂的人民班長——站崗的位置。這個職務是由該棟樓房的一位女性住戶擔任，一般都是位大媽。我清楚記得崔太太，她是整棟樓裡最重要的女人：她是黨員，是主體思想的鮮明代表——這個詞彙的原意是「自力更生」。她大約三十幾歲，聲如洪鐘，嗓門大得常把整棟樓的住戶嚇得半死。她是那種涼薄嚴厲類型的女人，永遠想掌控一切，對所有人都是一副頤指氣使的樣子。崔太太有自己的一套情報網——一般都是最弱勢的住戶——透過他們監視所有居民。最後由她彙整情報，直接呈交國家安全部。

一進大門，大大的公布欄明顯可見。上頭大部分的公布事項都是手寫的，不是公告各清潔小隊的輪值班表，就是提醒防空演習的日程。美國人在任何時刻都可能發兵攻擊，所以演習已經成為每天的日常。傍晚，裝設了擴音喇叭的車輛大街小巷巡邏，確保所有燈火均已熄滅。若看到任何一丁點燭光，大喇叭立刻呼喊：「三號公寓，關燈！」假設很不幸地你是被點名的那一戶，就等於被判了刑，當局會施行連坐法，切斷附近三棟樓的電力供應，你就等著被街坊鄰居詛咒一輩子吧。

通往各戶公寓的樓梯位於走廊的底端。那些階梯可真是乾淨得不得了！小時候我曾看著我媽媽奮力地洗刷樓梯，那股幹勁沒人能比，第二天則由鄰居接替。經年累月下來，樓梯變得愈來愈光可鑑人！公寓內牆則是以石灰刷白。踏進門，跟所有韓式屋舍一樣，第一眼看見的是門旁邊的鞋櫃。隨即映入眼簾的是屋內唯一的一廳，一扇窗戶面對著大街，右手邊是廚房，左邊是廁所。廁所馬桶沒有裝設沖水槽，所以得靠自己倒水沖。若要刷牙洗澡，則另有水桶可以裝水擦身，還有一小塊肥皂——那味道之難聞——以及少許鹽巴；牙膏從來不足以供應每日所需，因此我很早就習慣用手指沾鹽刷牙。

過了澡房就是臥室。除了一個放衣服和收納床墊的木頭夾板衣櫥之外，別無長物。韓國傳統上人人都席地而眠。鋪設了合成地墊的地板，則透過傳統的韓國居室取暖系統（溫突；온돌），提供地暖，這個系統可以將火爐的熱空氣引流到公寓四處。夜裡，就把收在衣櫃裡的棉質床墊拿出來，攤開鋪在地上，第二天再仔細摺疊好收進衣櫥裡。我們三人合蓋一床棉被。這就是北韓一般家庭的生活樣貌。

到了晚上，屋內唯一的光源是從天花板垂墜的一只燈泡。點亮燈泡必須非常小心，因為燈泡非常稀少：那可是金日成贈送的禮物，配額極少，不是每個人都能拿到的。因此，為了節省燈泡消耗，一般人多半點蠟燭替代。人們多半生活在黑暗中，彼此也鮮少交談，原因在於公寓隔音效果不佳。韓國俗話說得好，「白天說話小鳥聽，夜裡說話耗子聽。」再者，衣櫥對面的牆上還掛著一幅肖像。原木畫框裡的人像訓示我、盯著我、聽著我說的每一句話，甚至能看穿我的內心。那就是著名的**金日成肖像**。他臉上掛著大大的笑容，神色和藹可親。爸爸和媽媽他們每天必定拿一條特別的抹布細細地擦拭畫像。他們小心翼翼地照看著我們「最敬愛的父親金日成」。

我生於一九六八年七月三十日，然而在北韓，沒有人會為小孩慶生，唯一能大肆慶祝生日的只有金日成的誕辰，每年的四月十五日。至於我，每一年的七月三十日，我有資格享用一整碗白米飯，不必分給其他人，這就是至高的奢侈。我一個人獨享一大碗白飯，這是最棒的禮物了！

母親雖然是家庭主婦，卻沒有時間陪我玩。公寓大樓裡的媽媽們必須負責牆面的整潔，她們得花很多時間用石灰粉刷牆面。她們美其名叫家庭主婦，卻從來不曾真正地待在家中，幾乎都在外面，清洗樓梯、街道和建築。孩子們會自己找樂子，圍著一堆約莫是一九六〇年代建造房子時遺留下來的砂石嬉鬧。當時這裡蓋了大批的房子安置退伍後轉至清津冶金工廠工作的士兵。我住的那條街上到處可見小孩奔跑打鬧。我們腳上穿的鞋全都是洞，腳趾頭都露出來了，然而這並不阻礙我們奔跑和歡笑。我跟著他們學會了玩捉迷藏，到河裡抓蝌蚪，玩打倒美國人的戰爭遊戲。

一天，父親對我說，我即將搬去跟我的奶奶一起住，跟我姊姊一樣。我叫她姊姊（基於長幼有序的禮教，我從來不曾喊過她的名字：明實，只因為她比我大），我一出生她就被送到奶奶家，現在輪到我過去了。對我這樣的小女孩來說，這種安排很常見。每個小孩四歲時都會被送到祖母家，一直到滿七歲上小學的年紀才回來。父親像是替我打預防針似的對我說奶奶是個非常難相處的人。我心想，那又怎麼樣呢？這可是我第一次坐火車啊，就算奶奶再難相處也值了！申請跨區旅行證不是件簡單的事，經過漫長的等待，父親終於拿到了。旅行許可證到手後，只剩打包我的行李了。我記得我出門時甚至沒跟母親說再見，可見我有多興奮，第一次跟父親一起旅行。

要到奶奶家住的北青郡，我們得先搭火車沿咸鏡道東部海岸線往南。旅程三小時。抵達北青後，再轉乘另一線火車前往新北青，之後再步行半小時就到了父親一直生活到十四歲才離開的老家。他在十四歲那年申請入伍從軍。奶奶一家孤兒寡母，生活窮困，他去從軍等於少一張嘴吃飯。他抱著這樣的想法打定主意謊報年齡入伍。他在江原道的金剛山忠勇團部一待就是十幾年，而後被派赴清津，成為汽車廠「機械二局」裡那台紅色拖拉機的司機；這是他的第一份工作，也是他這輩子做的唯一工作。

一條條貫穿集體農場的黃土路引領我們穿越高低起伏的山嶺鄉間，將我們帶到奶奶的家。

一路幾乎沒看到幾台農用機，也聽不到馬達聲，只有拉犁的水牛，和滿滿的韓國大白菜（撒上鹽巴和辣椒加以醃漬就化身成為韓國的全民美食泡菜了）跟玉米。路邊還可見到幾位婦女手上拿著簡易的鏟子，忙著修補被雨水沖蝕崩垮的黃土路。

父親終於在一棟平房前面停下腳步，房子位在荒漠似的田野中央，後面是一座泥黃色的小山丘。屋頂的灰瓦新舊參雜：最近才鋪的透著無煙煤般的黑灰色，其他的因著歲月的蝕刻轉為布滿青苔的灰綠色，有些則還維持著石頭的原色。洩漏出老屋屋齡的參差灰色調跟如粉筆般雪白的牆壁，與完全吻合荒蕪貧瘠地貌的周遭田野形成詭異的對比。

我的奶奶、父親的大哥，也就是我的大伯父，還有姊姊都在門外等我們。父親的小弟，我的叔叔，和父親的妹妹，我的姑姑，還在上班，至於我父親的大弟人在軍中服役。奶奶一頭灰白頭髮，臉上和雙手滿是皺紋，她應該有六十歲了吧。看著她，我有些害怕：她雙眼平視的高度正好對上我的眼睛；她的背往前折，和剩下的軀幹呈九十度角。就算是立姿，她也無法站直。那一天，她穿著白襯衫和黑長裙；她說話的聲音純淨、堅決、充滿威嚴，跟我父親一樣。她牽著姊姊的手。

實際見到奶奶之前，多虧了父親的示警，我已經有了心理準備；相反地，我完全忘了姊姊也在這裡。她四年前過來這裡跟奶奶同住，如今就要回羅南父母家，準備上學了。

如此突然，我們倆都有些著慌，努力隱藏內心的尷尬：我們是親姊妹沒錯，那又如何？在這樣的情況下，該如何應對？幸好那一刻，姊姊鬆開了奶奶的手，笑著過來拉住我的。她什麼都沒說。我懸著的心立刻放下，不管怎麼說，有個姊姊真不錯。

室內陰暗，四壁蕭然，但木造天花板捎來溫暖的氣息。相較於我在羅南常見的簡陋牆壁，我覺得木頭有質感多了。只要跟著大醬湯（發酵的黃豆）的香氣走就能走到廚房。

廚房是道道地地的韓式設計，高低分層的地面加上燒柴的大灶。廚房地面高低雙層的設計是為了在高出的地面上嵌入大鐵鍋，它也是用來燒菜的爐子。有了這個設計，人站在較低的地面，爐子正好位在他們的腰部，方便燒菜。我還記得，我常常試圖想掀開鍋蓋——裡面總是煨著熱熱的白米飯！然而蓋子實在太重了，我一個人根本拿不起來。來自大灶的熱氣當然無法平均地流向屋內的每個房間，所以總是有某些地方的地板比其他的地方溫暖，不過無論如何，屋子裡總歸是暖的。

我和姊姊首次相見的時間很短暫，因為工作的緣故，父親必須當天晚上就趕回清津。他要帶姊姊回家。父親牽著姊姊站在門口，我則牽著奶奶的手。姊妹倆才剛認識，就要互道再見了。

姊姊哭得淚人兒似的，我也一樣，不是因為離別感到悲傷，而是我希望能跟她一起回家。相反地，奶奶繃著一張臉，沒有伸手抱她。她深信的儒家價值觀不允許她在大庭廣眾下放膽表現內心的情感：她行事必須莊重克制。她匆忙地把她一直緊緊抱在懷裡的書包和鉛筆塞給姊姊，彷彿急著想快點結束這離別的場面。這是她為了孫女入學特別買的。父親恭敬地再度向他的母親行禮——那模樣彷彿這是最後一次相見似的，然後牽起哭得更凶的姊姊的手上路。等到大家都散了，奶奶回到自己的房間，淚默默地流下來。過了一會兒，她抬起頭，看見我也在房裡，神情悲悽地叫我過去坐在她身邊。

「妳餓了嗎？」她問。

「不餓，奶奶。」

「好，那就好。」

她要確認我是不是因為肚子餓才哭。吃飽飯，在她眼裡是最重要的。

屋子的後院有一棵栗子樹，老家也因此得名：栗樹屋。用屋裡住的小孩名字稱呼房院在這裡也很常見，但是因為奶奶家裡沒有小孩，村裡人乾脆就叫它「栗樹屋」。

「奶奶，奶奶，快來看！」一天，我大聲喊她。「有刺蝟！」

我指著院子地面一顆顆滿是尖刺的小圓球。腦海再度浮現奶奶和藹地笑著向我解釋那些是可以吃的栗子的模樣。我跟著她走到廚房，隨即沉浸在灶上散發出來的，瀰漫了整間屋子的烤栗子香氣中。我一邊聞著廚房洋溢的香味，一邊默默地品味我生平吃的第一顆烤栗子，想要全心感受這前所未有的喜悅時刻。

在羅南的家裡，吃的東西永遠不夠，我從沒有吃飽過。母親在我碗裡放的東西（玉米比白米更常見）永遠不足以填飽我的肚子。在這裡，奶奶把我寵上了天；每天早餐一顆水煮蛋——我以前很難得吃到這麼美味的東西，還有烤栗子當點心！我愈來愈黏她。儘管有著巫婆般的外表，奶奶根本不像父親所描述的那麼難搞。她會跟我玩捉迷藏，把我餵得飽飽的，而且對我好好，她好愛我。晚上睡覺前，她總是把我的床墊攤在她房裡最暖和的角落。在搖曳的燭光下，她偏愛蠟燭不喜歡電燈，為我講神奇的太陽與月亮的童話。我深深感到被愛的幸福。

奶奶甚至允許我留在家裡，不強迫我跟同齡小孩一樣去村裡的幼兒園。我於是成天跟我的朋友，雞、木棍和石頭混在一起。一天，我強力考驗了我的木棍，拿它朝一條正要穿越小路的蛇死命追打；我以前在羅南就經常持木棒玩痛揍美國人和南韓人的遊戲，總之，這兩種假想戰役，我對自己的表現都挺滿意的！

我努力讓自己每天或多或少地都有事做，但事實上，我覺得很孤單。我懷念羅南那邊的朋友和大城市的喧譁。我也想我的爸媽。申請旅行證非常困難，所以我知道他們不可能來看我。

我更清楚他們在羅南的生活作息節奏根本無法讓他們有空餘時間出遠門。

姊姊也經歷過這一切。她三歲時就被送來跟奶奶一起住，一直到她七歲前的這段童稚時光，爸媽一次都沒來看過她。這裡沒有電話，所以不能通話，也沒有信件往來，更沒有登門拜訪這回事。這是大家習以為常的常態。

但是，有一天，比預期的時間還來得早，他們毫無預警地出現在我面前。

那天夜裡，隔壁房隱約傳來的哭泣和嘆息把我吵醒：

「天啊……」

是我的姑姑在悲嘆。

「奶奶過世了。」她對我說。

「——過世？」

我沒有完全聽懂這是怎麼一回事，只是默默地記下然後又沉沉睡去。直到第二天早上，我被送到鄰居家吃早餐時，我才知道出事了。我的叔伯和姑姑臉色悲戚，不停啜泣。當我問到奶奶怎麼還不起來準備早餐時，沒有人理睬我，姑姑只是淡淡地叫我出去外面玩。之後，鄰居抬了一個長長的木箱過來，箱子裡面充填了一種黏黏的黑色像醬糊似的東西，非常臭。這樣的場面，我看呆了。大人們幫奶奶換上她的黑色裙子和白色襯衫，她平日的打扮，然後將她放進他們稱為「棺材」的那個木箱裡。大人們扶她起身穿衣時，我心裡想怎麼奶奶的身體變得這麼軟趴趴的呢？棺材安置在大伯父的房間裡，在街坊鄰居過來哀弔之前，我只來得及往裡頭飛快地瞄上一眼。奶奶的神色悲戚。我好愛她。到底發生了什麼事？她的臉上怎麼會堆滿哀傷？

又過了一天，我在外面玩，奶奶也不來陪我；她一直待在箱子裡。我發現棺材角落淌著泛黃的液體。房間裡瀰漫著難聞的臭味，儘管如此，接下來的幾天，上門祭拜的人絡繹不絕。

一直到奶奶「入殮」後的第三天傍晚，我從外面玩回來，剛踏進廚房便看到我的父母還有姊姊，我驚呆了。

咦，看著眼前這頗不尋常的景象，我驚訝地想，他們拿到旅行證了？我還以為只有家裡有喪事的時候才申請得到旅行證……家裡有喪事……

這一切在我的小腦袋瓜裡開始變得比較清晰了；奶奶的身軀一動也不動，人們不停哭泣，父母親意外得到旅行許可。我清楚地記得我生命的那個時刻，因為太奇怪了，所以無法忘記。我全身上下都很好，所以我沒有任何理由感到不舒服，可是，就像一個剛放滿水準備啓動打水功能的幫浦，最近一連串的事件好像都是為了啟動日後糾纏著我好長一段時日的感覺——恐懼。我好害怕，儘管說不清楚我為什麼害怕。我好想變成棺材裡黑色黏糊糊的醬糊或是泛黃的液體，這樣就能夠待在箱子裡面，和奶奶永遠不分開。

沒有人告訴我爸媽會來，所以看到他們時，我高興得不知所措。我撲進父親的懷裡，抓住他的手。我父親很少這麼用力地握住我的手，但那一天，他握我手的力道如此強勁、如此溫暖，我差點把奶奶臉上那片哀傷傳染給我的傷痛都拋諸腦後了。

之後的過程我有些淡忘，我隨著送葬隊伍上山，一路走到村裡安葬祖先的山頭。看著人們在她的遺體上蓋白布，然後合上棺材板，我終於明白我以後再也看不到她了。

於是我的早餐不再有雞蛋，太陽與月亮的童話和黃鼠狼偷雞的故事也結束了，但奶奶卻永遠留在我的內心深處，從未忘懷，無人能取代。她賜予我的這一頁雪白無憂童年，像是為了幫助我在城裡展開人生新篇章，應許我一個光明燦爛的未來。

第二章

人民班生活

世上有一個比你們的父親更重要，
那就是我們親愛的金日成元帥。

奶奶過世加速了我回羅南的時程。父親把鄉下的所有家人都帶回家，他不僅要養活我母親、姊姊跟我，還要照顧大伯父，還有小叔叔。只有姑姑堅持留在鄉下。

大伯父小時候出麻疹，發燒一度非常厲害，導致日後成長遲緩；他的皮膚受損，說話結巴，也從來沒有上過學；他是全村的笑柄，但在家裡，全家人對他是絕對恭敬。這是奶奶的心願。鑑於這個兒子的身體狀況，他一直是她最心疼的孩子，儘管如此，她對他卻表現得特別嚴厲，因為她不希望兒子因為生理缺陷而一輩子靠別人；韓國俗語說的：「不打不成器。」

雙親離世，按理應該是由他扛起一家的重擔，但由於他身體和智能遲緩，只得由我父親，他的弟弟，接下這個擔子，成為一家之主。

「我們到了羅南，未來肯定充滿希望！」他這麼告訴大家。

他對家庭的觀念、充沛的活力和樂天積極的態度一直滋潤著我們的生活，儘管公寓空間有限，我們仍非常歡迎大伯父和小叔叔。想到這裡，不由得要讚嘆他們的慷慨大度，尤其是母親，她從來沒有埋怨過家裡多了兩張嘴吃飯。事實上，跟夫家的一、兩位家人一起住，在我們這裡很常見——這是儒家的傳統，只是光我們一家四口，生活就已經很勉強了！

我的另一位叔父，日燮，也就是我父親的大弟，在軍中服役，我從來沒見過他。姑姑留在鄉下照看老家。家裡人從來沒有真正地接納她，因為她有個男朋友，兩人始終沒有結婚。村裡的人看到她都指指點點的，好像她是勾引已婚男人的狐狸精。奶奶三不五時就用言語刺激她，她都悶不吭聲地裝作沒聽見。

如今我們回到羅南，我也差不多該上學了。在鄉下的時候，我曾不停地幻想，想著回到城裡就能「跟姊姊一樣」了。奶奶已經開始教我寫字，而且我不用扳手指頭就能數數。她曾說我記憶力很好，會是一個優秀的學生。

開學第一天，我的雙親帶我到集合地點，也就是軍眷公寓樓下，等候老師來帶我們。第二天，我就自己一個人走到集合地點了。我姊姊已經開始上小學，所以她都跟她的朋友在另一個地方集合。幸好獨自在街上走這件事一點都不危險；沒有人行道的泥土路上既沒汽車也沒貨卡。事實上，在北韓，個人擁有車子是違法的。除非你是為黨工作的公務人員，否則絕大多數的人都走路。

我最要好的朋友叫韓惠林，她常常比我早到集合地。

「妳好，惠林！」我高喊。

「智賢！」

她馬上跑到我身邊，擁抱我。

「來玩擲距骨*！」

「不如來玩捉迷藏怎麼樣？」

「嗯……乾脆來跳繩吧！」

「好！」

多美好的時光……我們都故意提早到，慢慢等鄰近區域的其他小孩——男孩女孩總共四十個左右，他們的父母親都跟我父親在同一間工廠工作。惠林和我總是玩得上氣不接下氣。她們家跟我們家住同棟樓房，她是二樓二號。她的父親是國安局局長的司機，她媽媽跟我母親一樣是家庭主婦。惠林身材高䠷苗條，全校就數她舞跳得最棒。偶爾會有代表團遠從平壤來看她跳舞，而且每當有全國性的慶祝活動時，好比歡慶金日成誕辰或新年，她一定會被選上參加。

這附近的小孩，很多我都認識很久了，甚至早在我三歲離家去跟奶奶住之前就認識了。就算有些人不那麼熟，我也能自在地與大家打成一片，我很喜歡我們這個小團體；我們每個人都有用不完的精力！

＊ 譯註：以羊骨頭為塊，類似丟沙包或小石頭的遊戲。

玩的時候我會很小心地不過分弄髒衣服，因為我只有這麼一件衣服，而且我不想增加媽媽的工作量。姊姊把她穿不下的黑色尼龍長褲留給我——那是她在我這個年紀時穿的——還有一件沒有圖案花樣的短袖白T恤和一雙深藍色的輕便布鞋。這不是學校制服，其實要說是制服也可以，因為大家都這麼穿：南清津百貨店的貨架，說實在的，選擇真的不多。

到了冬天，我頂多再加上媽媽給我織的毛衣，腳上穿的是高及足踝的冬季雪鞋；我很討厭這雙鞋，天只要一下雨，鞋子吸了水就重得不得了。我永遠忘不了，只要是下雨或下雪天，那一雙雙堆在柴薪大灶旁等著母親烘乾的鞋，數也數不清——到處都是！

到了週末，媽媽會去離家五公里外的小溪邊洗衣服。多半的時候，她都一個人去，但總是有鄰近的太太們也會去，可以一起聊天。冬天的時候，天氣太冷，她就待在家裡洗。她會拿肥皂洗衣，那是以沙丁魚頭為材料，在家自製的肥皂。媽媽會燒一大鍋熱水，再抓把沙丁魚頭扔進鍋裡。沙丁魚富含脂肪而且非常便宜，是製作肥皂的絕佳材料。水滾之後，再往鍋裡添加一種能讓液體凝固的物質，最後將燒開的溶液倒進她從櫃子拉出的抽屜裡，就這樣讓溶液凝固成長方形固體。等全都變硬了，媽媽再分切成小塊。這種肥皂非常好用，無論是洗頭、洗澡或洗衣服都行，唯一的缺點是飄著魚腥味……

我們的老師姓金，但我們從來不叫她的名字，我們都尊稱她老師；她身材嬌小，身上的黑色套裝讓她看起來有些嚴肅。事實上，我們根本不怕她；正好相反，我覺得她人很好，我很喜歡她。她每天都來集合地點帶我們，叫我們十個人一排，排成四行。

「大家手牽手！」

她站在隊伍的前頭，精神抖擻地帶著我們大步往學校走，一路大聲高唱我們最喜歡的歌，金日成的〈피바다〉（血海），這是「五大革命歌劇」之一，講述的是朝鮮對日抗戰的事蹟：

全民總動員！
來吧，來吧，一起上戰場！
勇敢奮戰，不猶豫！
帝國主義傀儡毫無忌憚地殘暴屠殺
正是在加速自己的滅亡！

我們是戰場的光榮英雄，一路上意氣風發地扯著喉嚨唱破嗓子。

學校八點開始上課：上午是數學、韓語和金日成生平事蹟，下午則是音樂或美術課。我覺得韓語有點難，必須參照韓語字母表逐一習寫：依樣畫葫蘆地描每一個母音（A、YA、OE、YEO、O、YO、OU、YOO、EU、YI），和十四個子音（G、N、D、R、M、B、S、無聲H、J、TCH、K、T、P、H），再學習拼音。

首先從子音G開始：

G-A、G-YA、G-EO、G-YEO、G-O、G-YO、G-OU、G-YOO、G-EU、G-YI。

接著換子音N：

N-A、N-YA、N-EO、N-YEO、N-O、N-YO、N-OU、N-YOO、N-EU、N-YI。

依此朗讀一直到最後一個子音H。

我知道這很重要，所以我很用功學，但這種學習方法怎麼可能提升學生的興趣！相反地，我對數學就很感興趣。我永遠是班上第一個寫完一到一百的學生。速度才是重點。奶奶說得沒錯：我是優秀的學生……

到了下午，老師會拉手風琴教唱歌頌金日成的歌曲，我好羨慕她會彈樂器啊！可不是每個人都能有這樣的機會，特別是對我們這群一般般的學生來說，我們得表現得「超凡入聖」才能吸引周遭人的注意，只要大家注意到你，你就能去特殊才藝學校。好比我的朋友惠林就去了舞蹈學校，她將來肯定能加入我們的領導金日成的私人服務團，到平壤去——那是至高無上的榮耀！

奶奶說得沒錯，我的好記性大有用處，因為基本上什麼都得靠背誦，第一個必須牢記的是金日成的生日：一九一二年四月十五日。老師會以非常特別的方式指著牆上掛著的肖像：她會先站在照片的左方，兩隻手平行並排，掌心朝上，接著抬高前臂到左肩的高度，慢慢地往肖像移動。直到今日，舉凡任何人提到這幅相片，絕不能直接說「這幀照片……」一定要說「大家左手邊的這幀照片是我們敬愛的父親金日成」。絕對不能用手指比，除非你不想活了。

「世上有一個人比你們的父親更重要，那就是我們親愛的金日成元帥。」老師天天反覆強調。

他當然是世界上最重要的人，一定要全心全意地愛他；他的肖像無處不在，父母外套別的紅徽章、家裡的牆上——在奶奶家，就是交由我的大伯父負責擦拭肖像，因為掛的地方太高了，奶奶搆不著——馬路上、火車上、車站裡、報紙上隨處可見。公園裡還有一座他的巨大雕像，每年到了他的生辰，我們都會過去獻花。

我父親也對我們說，在給父母親拜年之前，先要向我們最親愛的父親獻上新年祝辭：

我們最親愛的父親，

最尊敬的金日成，

我們感謝您。

金日成生平事蹟課很快就成為我最愛的一堂課。每天一節四十分鐘。上課地點在校長室隔壁的金日成領導下的朝鮮革命史研究室。平常這間研究室的門都嚴密地上了鎖，只有校長有鑰匙。我們一個一個伸直指頭貼著嘴唇，擺出禁止出聲的「噓」聲姿態，因為絕對不能說話喧譁，安靜地魚貫跟著老師入內。這片神聖的殿堂內的四面白牆，看起來白得不是那麼耀眼，因為牆上滿滿都是金日成的相片。我們換上一種白色的室內便鞋，這都是各人的母親為了這個課程親手縫製的，因為研究室禁止穿一般的鞋入內，怕會留下痕跡。

第一次踏進這塊神聖之境的時候，我緊張得不得了；室內一片沉寂，心跳聲清晰可聞。入眼的第一張照片是金日成在一九二六年拍的，他當時還是個中學生，身穿綴有金屬鈕釦的黑色學生制服，頭戴成套的黑色帽子。老師叫我們一定要牢牢記住這些相片底下的說明文字。總共四十幾張相片的文案！她告訴我們，她會幫我們的，我們的父母親也會，因為我們那時候還認不了幾個字……我很喜歡這些課，我迫不及待地一心只想再次踏進這塊神奇的地方，這片聖殿。

我印象最深的照片，是我們的元帥成長居住的茅草屋。我大多數的時間都住公寓，從來沒見過那樣的房子。我奶奶的房子是獨門獨院戶，不過是很「一般的」房子，白牆瓦頂，沒它那麼古老。那棟茅草屋外有三個大罈子，其中一個破了躺在一邊，這些罈子讓我納悶。我們最親愛的父親應該真的非常窮苦，我心想；就算我家裡也從沒見過這樣破的罈子。媽媽從來沒用過破罈子。老師說金日成出生在平壤一個非常貧困的地方，叫做萬景台，他白手起家，為北韓人民的福祉東征西戰，奉獻一生，最終成功地成為二十世紀的世界級領導人。

這真是天大的發現啊！原來都是因為有他，我們才能活著，才有得吃，才有遮風避雨的家。現在我才了解我們家，還有奶奶家，為什麼要這麼仔細地照顧那張肖像，為什麼要尊稱他為「鋼鐵意志的英雄」「我們最親愛的父親」「唯一的星星」「我們的元帥」「我們的總指揮官」，還有「我們的領袖」。

我們所有的一切都是他給的。我的同學跟我，大家只有一個夢想，再度回到他的面前，再次沉醉讚嘆喜悅當中。

那天晚上，父親不經意地看見我專心一意地望著衣櫃對面牆上的肖像，看得比平時更久一些。

「爸爸，為什麼我們一定要愛我們偉大的領袖，愛得比你更多呢？你才是我們真正的父親，不是嗎？」我問他，彷彿希望能聽見他親口向我確認那天白天我在學校的大發現。

「噓……別說這種話，鄰居會聽到的。我知道妳可能會覺得奇怪，但等妳再大一點，就會懂了；妳一定要尊敬他，永遠對他忠心。要不是有偉大的領袖，我們不可能過上好日子。目前，只要乖乖地照學校吩咐的做就行了，好好用功；這是讓他高興的唯一方法，知道嗎？」

「知道了，爸爸。」

我滿心歡喜地相信了他說的話，此後我們再也沒有談論過這個話題。

回羅南之後，我沒有吃飽過。媽媽窮盡所有想像，努力裝滿家人的碗，但巧婦難為無米之炊。她沒有辦法像奶奶一樣，每天早餐給我一顆蛋或一顆蘋果。我的肚子咕嚕叫個不停，尤其是晚上。我躺在地上蜷曲身子努力不去想吃的，可是飢餓讓我無法成眠。第二天，又是一樣的循環。我雖然年紀很小——六歲——卻從來不抱怨，因為我知道抱怨也沒用。

起碼幼稚園每天供應一頓暖呼呼的熱食——一碗飯和一碗湯。大家齊聲說：「謝謝您，親愛的父親。」然後開動，這頓飯可是他的恩賜。

每當大醬的味道飄過來，大家就知道中飯的時間到了。負責打飯的同學——共三人，我就是其中一個——大步奔下樓，往位在地下室的廚房衝。燒柴大灶上的鐵鍋煮著白米飯。我的同學負責端湯，我則雙手抬起擺滿飯碗的托盤放在頭上，托盤裡的飯碗一個黏著一個緊密排列。我們小心翼翼地踩著階梯上樓。我在班上算是既強壯又敏捷的學生，我很高興能夠被選上擔任這份需要膽大心細的工作。吃飯的時候室內是絕對的安靜，整頓飯只花十分鐘時間——一碗飯加一碗湯……當然很快就吃完啦！大家吃完飯，把空碗送回底下廚房，午餐時間就結束了。

接著老師會叫我們躺在地上午睡，但我睡不著。我一心只希望午覺時間快點結束，起床做午間操。大家隨著〈全民健身操〉的節奏搖擺，跟著老師依樣畫葫蘆：

「張開雙臂，深呼吸。放下雙臂……深呼吸。」

隨著「一、二、三、四」節奏分明的拍子，大家專注著每個動作，動作一定要精準到位。團結的愛國歌曲、集體的努力、同學的鼓舞，這些構成了我童年時期的小小宇宙，每個人都覺得自己非常重要，是不可或缺的一個。

每天的課程都是精準地以分鐘來安排，一天中唯一的休息時間——午餐時間不算——只夠去上廁所。學校下午五點鐘放學，老師會帶我們回到早上的集合地點。解散後我們就各自獨力走回家。有時候，我們會分到幾片餅乾、或一些爆米花，但絕大多數的時候，我們都是餓著肚子回家的，奔跑著趕回另一個食物來源地，家。

每當我踏進公寓大樓，迎面總是撲來一陣玉米在鍋裡烹煮的甜甜味道。所有人都在同樣的時間做飯，走廊充斥著食物的香氣。偶爾，會是栗子。這時我總會想起奶奶。我們好想她；那些雞、蛇還有黃鼠狼。多美好的回憶。熄燈時段一到，整個羅南陷入一片黑暗，每天晚上都會斷電一到兩個小時之久，這段時間就是我和叔伯、姊姊，大家靠在一起回憶鄉下美好時光的時候。

大樓底下玻璃崗亭的對面牆上懸吊一只鐘，每天清晨五點準時敲響。人民班長拿著金屬錘子用力敲擊銅製鐘面；身為社區日常生活規劃的負責人，這是她每天的第一項任務。先是一聲鐘響，然後第二聲，再來第三聲……我最早以為是鐘響的回聲，後來才知原來是另外六個鐘先後傳來的音響交互共鳴；對面的公寓，然後是後面的公寓，最後是其他三棟樓房：一段混雜震動的晨鐘奏鳴曲像是傳染病似的從一棟建築飄散到另一棟。這是我們能夠體驗到的很難得的混亂經驗，在我們這樣井井有序的社會裡，照理說這是無法想像的事！

「大家出門幹活啦！」人民班長高喊著。

每一戶都有清楚劃分的活兒要完成：二號公寓刷洗地板、六號洗窗戶、五號負責撢灰塵。各戶以一週為基期輪換工作。如果你沒做好，或是延誤進度，人民班長會來敲你家的門。

「出來！」

公寓公共空間的清潔工作完成後，人民班長召集舉行例行週會，會議中，主持的人要念一段金日成為人民班所寫的宣傳文字——多半是演講稿或是市政府轉給人民班長發布的消息。家庭主婦，包括我母親在內，多由此會議認識領袖的思想。這類的集會同時也是自我批判的場合；如果你沒完成交代的工作，就得公開譴責自己，例如「昨天，我沒有洗刷走廊」或是「我忘了擦拭肖像」。所有的自白都會被一一條列在工作日誌中，交由人民班長仔細保管。

母親每次參加這類集會回來都顯得好累，因為她每天從早忙到晚根本沒有時間休息，但她還是跟我說，假如沒有這樣嚴格的執行系統規範，人民就會變得懶惰又不老實，在一個像我們這樣的社會主義革命國家，這是無法想像的。

跟公寓裡的其他大媽一樣，她早上五點起床準備早餐時，家裡的老大，姊姊，就代替她出門打掃。有時候，但比較罕見，我父親會接手去做。理論上，婦女和男人的地位是平等的，但事實上，完全不是這麼回事。姊姊認真負責地打掃，雖然我長得比她高，但她才是家裡的老大，我呢，多半幫忙打掃家裡。

放學回家後，母親會叫我先做完功課再出去玩。功課多半是習寫韓語字母五遍，數字從一到一百寫個五到十遍，再來就是看著牆上掛在金日成像旁的時鐘練習認時間。

姊姊和我點燃一根蠟燭——節省用電，圍著摺疊小木桌——吃飯用的也是這張桌子，一起做功課。功課是專屬我倆的王國，我們的祕密天地。儘管我們分隔兩地多年，我們感情依舊非常緊密。

「妳怎麼連這個都不會啊？」她嘴角露出一抹微笑，調侃我。

我們去南清津百貨店買原木色的鉛筆和紙。鉛筆很貴，我們一人只有一枝鉛筆。母親會把買回來的鉛筆切成兩截，萬一一截不見了，還有另一截備用。然後用刀子削尖筆心。

寫完功課之後，我才能出去玩。雖然機率不高，但我很希望能夠遇見下班開著紅色大型堆高機回家的父親。我覺得好驕傲，不僅因為他是堅貞相信政府的模範公民，更大部分的原因是他有一部俄國製的紅色堆高機！

他把機器停放在大樓對面，父親才剛下車，我的玩伴瞬時一擁而上，團團圍住那台機器。我當然不會放過炫耀的好機會：

「這是全清津唯一的一台紅色堆高機喔！」

「真的？」

「對啊！全國只有三台，這就是其中之一！」

「妳好幸運啊！我們可以上去嗎？好嘛！」

「不行！你們這些小毛頭才不行上來，快走！」

我高高地坐在堆高機上，睥睨一切。他是我的父親，而這是我們家的紅色堆高機。

雖然我表現出不可一世的自負樣，我還是有很多朋友。「妳跟妳姊姊怎麼會差那麼多？她那麼端莊、乖巧、讓人敬重……妳卻一天到晚四處晃，根本不像個女孩子！」我在鄉下追著雞和蛇跑的時候，奶奶總是這麼叨念我。事實上，我常常跟人打架。有一天，我意外發現我的一個朋友在嘲笑我母親：

「社區的胖媽媽……」

「妳說什麼？對，她是胖，那又怎樣，哪裡礙到妳了，我們起碼還有錢，臭三八！」

「妳才是臭三八！可惡，讓妳好看！」

於是扯頭髮，互咬……好戲上場。

我不知道母親怎麼會這麼胖，自我有記憶以來，她就一直是這樣的體型。我出生的那一天，父親因工作關係，剛好到茂山出差，那是鄰近中國的一座邊境城市，母親只好獨自在家生產。自此她的健康亮起紅燈，醫院和免費的照護完全起不了作用，因為既沒有合格專業的醫生更缺乏藥物。一個半月後，情況益發嚴重，父親終於申請特休獲准，從茂山回來看看剛出生的孩子，同時帶了山清野蜜*——他認為那是非常珍稀的蜂蜜——給他的妻子。這是奢侈的食

＊譯註：山清郡是韓國醫聖許浚的故鄉，該地被稱為韓國傳統醫學的搖籃，位於南韓慶尚南道。

材，雖然有助於母親恢復健康，這甜滋滋的食物卻導致氣血凝滯，使得她如吹氣似的胖了好多公斤；大家都單純地以為她會變胖只是因為她有錢。

我不止一次為了這個問題跟玩伴起衝突，不過這不是我們最熱衷的戲碼，我們最愛的消遣是戰爭遊戲：

「美國癩蝦蟆跟骯髒的南韓鬼子聯手想要毀滅我們富庶強盛的祖國！誰要當好人？」

「我！我要當北韓士兵！」

「不行，我才是北韓軍人！」

「不行，是我！」

「我不幹，為什麼每次都要我當南邊的垃圾！」

「我也是，每次都是我當骯髒的美國叛徒！」

「人民的敵人！去死吧，腐敗的南韓！」

「啊！哎！好痛！」

我們手持棍棒四處奔跑，互相比劃，全面開戰；大家都玩瘋了。

「祖國萬歲！哇……我是勝利朝鮮的孩子，為了建設我們偉大的民主共和國，我願意奉獻出我的生命！」

在同學這番慷慨言詞的影響下，我情緒激昂，既驕傲又愛國，很高興自己是在金日成庇佑下成長的小孩。南韓的孩子生活貧困，連學費都繳不出來，甚至有很多孩子活活餓死。而我們呢，感謝我們的大元帥，我們是睿智民族的後裔，是偉大的抗日解放戰爭英雄。

我的朋友惠林也在這批玩伴之列。她的母親不喜歡別人去他們家，所以我們總在她家樓下門口叫她，看她能不能出來玩。除了兩個妹妹之外，她很幸運有祖母和姑姑住在一起；所以她跟我不一樣，她不需要幫忙母親做家事，因此她比我更自由，有更多時間玩。我們經常在外面待到傍晚六點。

惠林和我都喜歡欣賞滿天的星光。輕緩地深呼吸。學校教過，所以我們都有一點星座的概念，兩人一起尋找星「盤」。天上的星星數都數不清，就連數學頂尖的我也算不出來，實在太多了。星羅棋布的天空美麗靜謐，星光閃爍，看得我們入迷。也許哪天我再次回到羅南，卻已不敢肯定還能尋得那片星光燦爛。

姊姊從來不出門玩。我們總是一起做功課，但從來沒有一起玩過。她朋友很少，整天都在研讀有關金氏家族歷史的書。她是模範長女，鄰居們對她都讚不絕口，我也以她為榮！

四月十五日，班上歡慶金日成誕辰。全班齊往羅南公園，那裡有一座金日成念書時期的銅像；他頭戴扁帽，手臂下夾著一本書。銅像至少有三到四公尺高，但看在我眼裡，就像山那麼高；就像他生日當天，我們爬去採花的那座山一樣，我們採來的花則敬獻在銅像腳邊。

雕像跟我們公寓樓梯一樣的潔淨閃亮，全民齊力擦磨得光潔透亮。我們這些小學生負責打掃四周。老師要我們各自從家裡帶掃把——短柄一端紮了稻稈的掃帚——跟一只鐵畚箕，她一聲令下，四十根小掃帚發狂似的舞動，像極了一群螞蟻，不把廣場清掃得一塵不染誓不罷休。

四月十五日，也是姊姊和我天未亮就趕早起床期待米糕的日子；母親那天總會製作松片——一種包著紅豆沙內餡的米糕、切餅——四方形沒有包餡的米糕，以及打糕——把米磨粉後製成的糕點。四月十五日那天的食物配給也給得特別大方。一般來說，到配給中心領物資是我的工作。漫長的排隊等待之後，我能領到兩顆蛋、每人一百公克的糖、油、豆芽菜、豆腐、豬肉和一公斤的米粉。

雖然配給量已是特別慷慨了，母親還是得從幾個月前就開始節省用米，才能存下足夠的米量做出七塊松片給家裡的七口人——老實說沒有人會為此爭吵，但基於公平起見，母親還是算得好好的。這樣的機會難能可貴，她希望大家都能享用得到。三大國定節慶，金日成誕辰、勞動黨創建紀念日以及新年，是一年當中能品嚐到這些如蜜般在口中融化的米糕的僅有機會。

我很喜歡姊姊，但如果未得到她的允許，私自碰她的東西的話，她會氣得面紅耳赤。她有時候會把她那份米糕藏起來，留著慢慢享用，好能更不受打攪地品嚐。相反地，我總是馬上全部吃光——直到今日，我仍然習慣立刻把東西全吃掉，從來不會藏著留待日後享用。有時候，因為藏得過於隱密，以至於連她自己都忘了藏在哪兒，她就會請我幫忙找……我很願意幫忙，只是，那個時候，我總覺得她真是個大傻瓜！

大家對姊姊總是噓寒問暖，因為她是長女。我當然會有點嫉妒，但我不能埋怨她，更不想自怨自艾。父親早已耳提面命：我不應該跟姊姊爭——她是我的姊姊，我必須尊敬她。我也必須完全順從父母。如果今天要我指出北韓什麼地方最成功，我會說它成功地教育我們敬老尊賢，長幼有序。

姊姊喜歡吃煨麵，母親經常做，所以她非常高興。其實就是味噌湯，然後把玉米粉做成的麵條放進湯裡，慢慢地煨，讓麵條脹大，變成滿滿的一碗。味道很可怕，我一點都不喜歡，但我知道母親花了很多心力才找出足夠的食物餵飽全家，所以我都會乖乖地吃掉。此外，母親經常派我去討回她之前借給鄰居的麵條。她總是派我去，從來不叫姊姊。她知道我性子硬，絕不會空手回來。我不知道我登門索討麵條的那些人家生活有多困頓，我只是在執行我的「任務」。

姊姊有權利表達她討厭魚腥味，還有把肥肉留在盤子裡不吃。她可以這麼做，但是我不行。我勉強自己乖乖地全部吃掉，她卻一副心不甘情不願。我不明白的是，父母親竟然容許這樣的態度。我心裡覺得不公平，但一句話也沒說。特別是對姊姊，我從來不曾大聲說話，從來沒有踰矩的舉動。

一天，在家裡玩的時候，我推了小叔叔一下，他對我來說，與其說是長輩，更像是大哥哥：我在奶奶家第一次見到他的時候，他才十四歲，是他帶我體驗鄉村生活的一切。他教我如何抓蜻蜓，如何吃青蛙腿。從那時候開始，我們一直是很好的玩伴，總是在一起玩。

那天，我不小心抓傷了他的手臂，抓出淺淺的傷痕。他覺得沒什麼，我則笑個不停。相反地母親卻生起氣來，指責我弄傷叔叔，對叔叔不敬。我覺得她說得沒有道理，但又一次地，我什麼也沒說。

為了宣洩內心那股不公平的委屈感，我把自己關進廁所裡哭了好久好久。宣洩完了，我用冷水洗洗臉，感覺就好多了。心裡的悲傷洗淨，我從廁所出來，彷彿什麼事都沒發生過。

第三章　世上已沒有值得我們羨慕

我們的家，在黨的懷抱，我們都是兄弟姊妹，
這世上已沒有什麼值得我們羨慕。

想知道其他人心裡想什麼非常困難。我喜歡上學，因為我想要學習，我心裡想班上的其他同學應該都跟我一樣吧，但我再也不敢如此肯定了。或許有些學生迎人的笑臉只是面具，純熟地佯裝……

一九七四年九月，這一年我進入鳳南小學就讀。我當時七歲。學校離我家步行大約半小時的路程，學校建築可追溯到日本殖民時代，它跟羅南地區其他常見的樓房很不一樣，近黃的乳白色外牆——而非斑駁褪色的紅磚牆，還有木頭地板。我會特別提到地板，原因是這片木頭地板有一套專屬的清潔工序，這樣的清潔任務日積月累下來竟在我每天的日常裡占了極其重大的位置。首先得把所有的桌子推到教室後面，洗刷前面的地板——先用濕拖把拖一遍，然後拿乾抹布擦乾，最後是擦亮。再來是把桌子往前推，以同樣的步驟清洗後半邊，等地板全都洗完了，再把每一張桌子回歸原位。幸好，接下來的幾個月，我因為擔任班長而免去了這些煩人的清潔活兒，我很幸運地，只要在一旁監督就行了，不用參與。

全班大概五十個女孩，全都來自同一間幼兒園。男孩也在同一棟樓，但不同班。我彷彿又見到那些桌子，小小的，兩枝鉛筆和兩本作業簿幾乎就占滿了整個桌面。跟我同桌的同學叫李琴玉，她在班上的成績並不好，我也不太喜歡她，老是拖著兩管鼻涕，因此大家都笑她是「鼻涕蟲」，再加上她那件膝蓋處破洞、褲管又太短的長褲，更是雪上加霜。老師總是派我教她做功課，我也盡力教她，因為我不願意違逆老師的意思，但我真的很煩為她浪費那麼多時間，我連自己的功課都自顧不暇了！

班上還有福順，她是我第二好的朋友，僅次於惠林。她手風琴彈得好棒——是她母親教她的。白淨的臉龐、彩虹般彎彎的嘴唇，人長得漂亮又有教養，她連上廁所都在看書！但她比我們都大一歲，因為她母親晚了一年替她登記入學，她也為此付出代價！

「哈，老母豬！」我大聲笑她。

「什麼？不要說了！」

「不要說什麼？妳就是個『老母豬』，妳比我們老，這又不是我的錯！哈哈哈……」

她假裝生氣，但我覺得她根本不在乎我這麼說她。她很清楚這只是我們之間的無聊玩笑話。

小學畢業後，我跟「鼻涕蟲」李琴玉失去了聯繫。她還住在我們一起長大的羅南區嗎？我常常在想我的兒時同伴現在過得如何？每當聽到我身邊的人聊起小學同學聚會時，我都很羨慕。一件看似如此簡單的事，對我來講，卻像是不可能的任務。

我覺得我們的老師金君曲，是世界上最美麗的女人。她年紀很輕──大學剛畢業，跟福順一樣有著一張白瓷娃娃般的圓臉。她的笑容和那一頭烏黑的長髮，看起來就像繆思女神，讓人感到快樂，直到她結了婚。婚後重返學校的她，剪短了頭髮並且燙鬈，飄著濃濃的大媽味──她的先生認為直髮的她看起來像個少女，所以不喜歡。我想她的婚姻大概不是很幸福。她的面前是五十個小女孩，分為五排，每排十張桌子後是一個個抬頭專注盯著她看的小腦袋；人人手捧自己的書──其實說書的影印本更正確，老師會要求大家的母親自行影印，因為書本的數量不夠──每個人手臂往前伸直，眼睛專注在黑板上，迫不及待地想滿足求知的慾望。「在學校好好念書」，我們只會做這個，這也是家長和老師對我們的期望。好好念書，要效忠我們的父親金日成，這些字句，無論是白天或黑夜，每一堂課、每一分鐘，在學校、在家裡……有如一把小錘子，無時無刻不敲打我們的耳膜，我們總是回答「是！」大聲但制式化地答應，連眉毛都沒皺一下。

每天早上，老師會叫我們去拿她辦公桌上的那條白色抹布，擦拭金日成的肖像。一個月少說有十次，這份榮耀會落在我身上。我真的很討厭放學前清洗木頭地板的工作，所以我非常喜歡輕輕地擦掉畫框灰塵的這個差事！這份差事專屬優良的模範生所有，而我就是其中一個。一有這樣的機會，我就會趁機背誦貼在金日成相片四周的幾段演講嘉言錄。

學校制服是白T恤加黑長褲。每次穿我都會非常小心，那條長褲是純羊毛的材質，是母親在南清津百貨店買的，花了她一大筆錢——五十韓圜！我知道父親每個月的薪水是一百二十韓圜。光看長褲褲管的長度，就知道誰家裡有錢——有能力隨著孩子逐漸長高換新制服；誰家裡沒錢——老穿著一條褲管太短的長褲上學。

學校每週舉辦兩次非常重要的集會，每個人都要參加。分別是「大會」和「日常集會」。名稱雖然不同，但集會討論的內容一模一樣。每次會議歷時大約四十五分鐘，時間都選在週六下午放學後的時間。會議時，學生彼此互相批判，我們總是開心地爭相當報馬仔。檢舉誰誰上學遲到，誰上課說話，誰做了可恥的事：

「上金日成生平事蹟課的時候，她在作業簿上亂畫！」

「妳知道上課不專心，是對我們國家領導的大不敬嗎？妳先自我檢討。」老師說。

「上金日成生平事蹟課的時候，我沒有專心聽講，在自己的作業簿上亂畫。我不知道這樣的舉動後果這麼嚴重。我以後再也不敢了。我會盡力補過，認真上課，將來報效祖國，成為有資格為我們社會主義國家服務的一員。請大家原諒我。」

「妳把自我檢討的這番話抄寫十遍，明天交上來，知道嗎？」

「是的，老師。」

我經常在清晨四點鐘就起床複習功課，我會這麼做也是害怕被人批判；但幾乎是無人能倖免！我一樣得要批評我的同學，我必須指出誰成績很差，檢舉不守規矩的人。人人都要參與，無一例外。有些人遭受批判時甚至還哭了。我們會互相約定哪些可以批評，哪些不行。例如，我跟我的好朋友惠林和福順說好由她們來批評我，我來批判她們。若有人不識時務地亂指謫我們，我們就會非常生氣！老師們有自己專屬的集會，他們在校長辦公室裡自己指出缺失，自我批判。我還記得我後來當上數學老師的時候，曾有位同事遭人指責因為孕吐，導致某段時間無法好好地教學。

總之，我才不會在上金日成生平事蹟課的時候分心塗鴉，那可是我最喜歡的一堂課！我們學到了我們最敬愛的父親一手重建了一九五三年韓戰重創後民不聊生的祖國。年僅十四歲的他隻身前往中國接受教育，長途跋涉一千六百公里之遙。為了紀念此一事蹟，每年的一月十四日都要舉辦一場一百三十公里的團結大健行。我心裡想，等我十四歲，我也要效法他；我要協助重建國家。但我不會離開祖國。健行時眾人高唱：「我們已經擁有所需的一切，世上已沒有什麼值得我們羨慕。」

〈世上已沒有什麼值得我們羨慕〉

晴天朗朗
滿心雀躍
手風琴的樂音飄揚天空
人民快樂地生活在一起
我愛祖國
我們最敬愛的父親金日成，
我們的家，在黨的懷抱，
我們都是兄弟姊妹，
這世上已沒有什麼值得我們羨慕。

「人民快樂地生活在一起」。小時候我認為自己很快樂，我不知道的是，我會覺得快樂是因為大家都說很快樂呢？抑或是我真的覺得快樂？我的快樂是用處方箋調製出來的，需按時服用，處方如下：團結一心、集體生活、樂觀向上。劑量是白天服用十二小時，晚上服用十二小時。的確，我們每一天都被填得滿滿的，絲毫沒有多餘的時間去思考、去想我們的命運。每個小時，每一分鐘，都排滿了該學習的東西。就算躺下睡了，我們也只是一心想著明天要早點起床，快快回到工作崗位上。無法思考……某種程度上，是否也讓我們感覺「快樂」？

沒有人蹺課。老師會點名，從來沒有人缺席。就算生病，我也抱病上學。若真的有人沒有到校，老師會先叫班長到曠課的學生家裡探問，若該學生家中果真發生了嚴重的事，例如小孩餓死，那麼老師就會親自前往探視。我沒有染過小孩常見的傳染病，好比水痘、麻疹之類，但有些同學就沒那麼幸運了，此時他們得待在家裡自主隔離。「百日咳」這種病會讓人連續發燒數月不止，幸好我們家都沒有人染上。為了效忠金氏家族，我們絕對要保持強健的體魄。學校會給我們注射小兒麻痺疫苗、肺結核和麻疹疫苗，每年還會發放一次清除絛蟲的藥，所有的醫療保健全部加總起來大概就這些，沒別的了。

我們這戶小小人家慢慢地壯大。一九七六年一月八日，三十一歲的母親生下了她的第三個孩子。那天晚上，天氣嚴寒，窗戶外頭清楚可見清津街道鋪滿銀白積雪。白天母親一如往常地外出工作一整天，回到家已精疲力竭，但那天晚上，她看起來比平常更累，而且喊著肚子痛。父親那天回來得比較早，立刻打發我們到鄰居家，囑咐我們在那邊過夜。首先，我很喜歡我們的鄰居，再者到鄰居家過夜可以稍稍轉換不變的日常，所以這意料之外的外宿，我還挺高興的。一直到第二天早上，回家之後，我才明白小寶寶要出生了。同棟公寓的鄰居接替我父親，因為他必須出門上班了。他不能以照顧待產妻子為由請假一天——這是無法想像的事。

姊姊和我被趕到廚房，待在大灶旁，暖呼呼的。年邁的產婆也在，其實不過就是一名自願前來協助婦女生產的普通大媽。我們挨著面向主臥房的小窗戶，想看清情況卻毫無所獲。過了一會兒，突然有人高聲叫喚我們：

「是個弟弟！」產婆大喊。

我們聽見嬰兒的哭聲，立刻衝進房裡。在產婆的指示下，姊姊先到廚房燒水，然後回到房間抱起寶寶，貼近懷裡；至於我，覺得自己沒有用，所以有些無聊，乾脆跑出去玩了。晚上父親回來的時候非常激動，他非常高興終於有個兒子了，為他取名叫正鎬，當天便前往派出所辦理出生登記。

我很高興有了弟弟，但有些事讓我覺得很討厭：自此，我在家中的地位落到第三；姊姊是老大，在一般人的觀念裡，她永遠是排在第一位，接著是我弟弟，因為他是男孩，我就自然而然地落到最後了。我不喜歡排名被降到第三，一點都不喜歡。

正鎬出生後第二年的新年，母親那邊住在清津的親戚來看我們。阿姨給姊姊和弟弟的零用錢硬是比給我的多，他們每人都收到三十韓圜，我只有二十。我氣憤地躲進洗澡間，每當我覺得傷心的時候，就往那裡鑽，還用力甩上門。我努力保持理智，心想反正最後所有的零用錢都會被收進母親的口袋，用來買學校要穿的制服、要用的鉛筆和作業簿。只是，我所接受的教育基石——平等原則——沒有受到尊重，讓我很受傷。不知不覺中，我已經成為一個堅守原則的孩子。

母親產後只休息了一天。第二天她照樣下床處理家務、清潔公寓，跟平時沒有兩樣。依據韓國的傳統，無論是南韓或北韓都一樣，產後婦女必須休息滿百日，身體才能完全復原。然而，母親身邊沒有媽媽或姊妹可以幫她，她只好馬上開始工作，她用正方形包巾把寶寶裹好，綁在自己背上，隨即開始刷洗牆壁。寶寶身體很健康，餵他吃母乳也沒問題，她實在找不出什麼理由好抱怨。姊姊和我放學回家，她就讓我們照顧小寶寶。姊姊會替寶寶換尿布，給他洗澡。然後把換下的髒尿布手洗乾淨。髒尿布加上魚腥味的肥皂，臭得我連洗澡間的門都不敢踏進去。

弟弟出生後，我很快就變得獨立：一個人做功課，一個人洗衣服——尿布除外——一個人打掃屋子。姊姊則負責做飯和洗碗，她也負責照看我，我則負責照看正鎬。她是長女，非常懂得照顧人，她冷靜、勤勞又細心；而我呢，我總是風風火火，精力旺盛，容易興奮過頭！我們姊妹倆截長補短，組成完美團隊。

一九七八年二月十六日，金正日誕辰，我獲選參加少年先鋒隊的入隊檢定。該組織在金日成的號召下，於一九三二年六月六日創立，專收七到十三歲的少年孩童，旨在訓練服膺共產黨最高總司令的革命小鬥士。我得熟記五首歌和四十頁關於金日成的生平事蹟紀錄，再加上要獨自一人照顧小弟弟，沒有他人奧援，工作量真的非常大，但我一想到自己的脖子繫上紅領巾的模樣，就興奮地打起勁兒克服萬難。首先你的學業成績必須非常優秀，否則根本沒有資格報名，更重要的是要有好的家庭出身（출신성분），出身自良好的「階級」才行。一天，我們的數學老師在上課之前，為大家解釋了這個階級的概念。

「所謂家庭出身是勞動黨在一九五七年間規劃的一種階級區分制度，根據每個人的政治、社會和經濟地位，將韓國社會劃分成不同的級別。你們必須了解，你們的未來都要靠它！你們大家，毫無例外，都有一份在一九四八年九月九日，也就是祖國的建國日，建冊的家族家庭出身紀錄，以當時你們祖先做了什麼來決定。」

我們像被這些字句碾過的死老鼠似的，張大了嘴，卻是大氣都沒敢哼一聲，凝神細聽。

「大體劃分為三大類，」老師繼續說，「然而實際上細分成五十級：最高一級是『核心階級』，包括追隨金日成的中堅人馬和跟他共同對抗日本的同志。然後是中間的『動搖階級』，對黨沒有貢獻也沒有危害的一般人民。最後是最低下的『敵對階級』，指的是家族成員裡曾有人叛逃到南邊，或是曾經傷害過黨，犯下重大罪行的人。」

我知道我們屬於最上層的「核心階級」，這得感謝我們的祖父，他在一九三〇年代追隨金亨權，也就是金日成的叔叔，對抗日本。我們從來沒見過他的長相，無論是正面或側面，他的照片家裡一張都沒有，因為他來自位於國家南部的全羅道*。多虧了他戰功彪炳，我們才得以進入「核心階級」的行列，但他並沒有成為家喻戶曉的公眾人物。我還知道我母親的家庭出身沒有那麼優秀，但我當時還不知道原因何在。反正，父親的家庭出身比母親的重要。老師冷冷地做出結論：

「家庭出身隨時可能改變。若你們做了什麼英勇事蹟，榮耀祖國，就有可能晉級，相對地，若你們犯了錯，不只你們可能被降級，到時候你們家族三代人都有可能受到牽連！所以，若不想被降級的話，一定要奉公守法！」

確實多虧了父親的好出身，他不僅能入黨成為黨員，連帶我也有資格參加少年先鋒隊的入隊檢定。檢定考每年只舉辦三次：金正日的誕辰二月十六日，金日成的誕辰四月十五日，以及少年先鋒隊的創立紀念日六月六日。除了我之外，另有兩名女孩也獲得參與檢定的資格：徐玉

---

* 譯註：Jeolla，位於朝鮮半島的西南端，今屬南韓。

和香淑。她們也是班上的好學生，父母也都是黨員。徐玉的父親是會計，任職於住宅建設局，那是非常重要的職位。我的好朋友惠林沒被選上，她只好等四月十五日那一輪。當我高分通過檢定，受召領取紅領巾時，她嫉妒得不得了。

頒獎儀式在本地的電影廳舉行，因為那一天外頭天寒地凍。電影廳四面牆壁漆得雪白，裡面擺著木頭椅子，後廳有台大型投影機。家人不得到場觀禮，所以那天我跟著學校同學一起去。校長以繫上紅領巾的重要性為題發表演說，並恭賀我們。老師為我們繫上紅領巾，我們躬身向他們敬禮，同時生氣勃勃地大聲說：「為您服務！」之後才離開。回家後，我整晚領巾都沒有解下來……

我個人認為，加入少年先鋒隊是北韓政治教育真正的啟蒙階段。

先是在放學後進行額外的課後教育，姊姊也是其中一員。為什麼要效忠金日成？我們的敵國有哪些？南韓、日本和美國……「打倒分裂朝鮮的美國人！」這些話不絕於耳。國家分裂，處於戰爭狀態，都是他們害的！我恨他們！我的父母在家裡也常常批判他們。

在加入少年先鋒隊之前，我從來不在意玩伴隸屬哪一個階級。自從入隊之後，我開始意識到我不應該跟那些家庭出身比我低的孩子一起玩。因此，一九八四年四月的某一天，我下定決心不再跟黃惠媛玩了。她是個好玩伴，但她的父親不是黨員；所以她一定不是好人，我心裡這麼想。直到今日我才明白我犯下了多麼大的錯誤，但在那個時候我完全沒有任何罪惡感。

他們教導我們仇恨。惠媛來自黃海南道*，因為在建國之初，他們家族擁有土地，所以全家族都遭人唾棄。有一天，她跑來問我，可以跟我們一起跳繩嗎？我對她說，我們人太多了，沒辦法讓她加入。時至今日，我一直想著她。她真的是個很有趣的女孩，我們相處得非常融洽。之後，我多半都跟香淑、惠林和福順一起玩。老師們對所有學生都一視同仁，不會向我們透露其他同學的家庭出身，都是同學們自己發現的。每年年初要填寫的文件上有父親職業一欄，還得注明他是不是黨員。倘若祖輩有人曾經批評過金日成的話，他們的孩子將被拒於學校之外——餘下的日子裡也別妄想入學就讀。

這樣一個以出身牢牢劃分階級的社會，卻又同時自詡是「社會主義奇蹟之國」，現在想起來，不啻為瞞天大謊！再說了，就算家庭出身優良，也未必能保證人生一定比較美好！不可否認地，家庭出身掌握了我們未來機會的多寡。而出身自一個平凡的家庭，既不富裕，也不算窮的姊姊、正鎬和我，很快就能親身體會這個中的滋味了。

* 譯註：Hwanghae du Sud，位於北韓西南方的一省。

這個時期是我人生中非常重要的一個階段：一九七八年間，我的母親開始養豬。政府需要物資供養軍隊，因此要求每家每戶養豬，然後餽贈豬肉給軍隊，以證明自己對軍隊的忠心和感謝。

每個家庭都分配有一小塊戶外欄舍，一般多用來堆放木炭、柴薪和泡菜罈子。為了挪出空間養豬，母親往底下挖，硬是在地底多弄出了一層。這可不是件簡單的事。偷懶的家戶對這項政令則採取隨遇而安的態度——反正不養豬，單靠公家配給也餓不死。但我母親認為辛苦是值得的，除了往後更有機會吃到豬肉之外，奉獻糧食給軍隊更是重要。我們家是最早投入養豬業的一批，慢慢地其他人也開始加入，過沒多久，只要一出門，就能聽見街角傳來豬叫聲，無處可躲！說實在地，這些豬真的很吵，但起碼牠們不髒，聞起來也不臭，養豬可謂是意外之財！

姊姊和我負責餵牠們。我們跑遍整棟公寓的每一戶人家，收集蔬菜的皮梗和洗米水。公寓沒有電梯，我們得爬四層樓，敲遍每一層樓的十戶人家，而且是一整排的公寓要跑，非常累人。我覺得很噁心，但我沒得選擇。我們家的豬隻數量逐漸增加，母親趕著母豬到隔壁鄰居家養的公豬那裡，讓母豬在那邊待一個禮拜。回想起母親壓後揮舞著長竿子，而我笑著跟在母豬後頭跑的情景……嘴角不禁揚起笑容。我們很快就有十五頭豬了，但每年要保留一到兩頭送給政府。母親想把剛出生的小豬賣掉。街坊傳開了，很多人來我們的豬圈前排隊等著買。母親眼看生意興隆，非常高興，也非常滿意自己能為軍糧儲備盡一份心力。她第一次殺豬的時候——她一年宰兩隻豬，晚餐餐桌上除了豬肉，甚至還配了一點白飯！她會留下一部分的豬肉準備燻，其餘的全賣掉。我對母親做生意的手腕感到非常驕傲，儘管後來她為此吃了不少苦。的確，是政府要求人民養豬，然後饋贈給國家，但政府可沒有准許人民私自買賣營利。母親的好生意招來鄰居眼紅，每週的自我批判大會上自然不會放過她。然而，她嘗到了金錢的滋味，慢慢地只想愈賺愈多。她賺來的錢，為我們買白米和新衣服。這是我離開奶奶家之後，第一次覺得終於可以不用再餓肚子了。事實上，當時根本沒有人知道這門生意會把我們一家打入萬劫不復的境地。

正鎬非常聰明，學得很快。一歲就能走路，兩歲就開始說話了。他說的第一句話是他的名字「正鎬」。因為母親忙著養豬，他又不能去幼兒園——我母親沒有正職，所以我經常陪他玩：躲貓貓啦，打倒美國的戰爭遊戲。我還教他怎麼抓蜻蜓，就像當年小叔叔教我的一樣；要不然就是在公寓後面的沙堆上玩扮家家酒，我們拿碎玻璃片舀沙當飯。等我們要做功課的時候，他就得靠自己了，就如同我在他那個年紀時一樣，他得學著自己照顧自己，自己一個人玩。

一九七八年的夏天，父親的弟弟，我的叔叔日燮退伍了，意外地突然造訪。在他正式到咸鏡南道端川市的金德礦場報到就任新職之前，他有一個禮拜的假。那裡的鋅礦藏量比整個東南亞的蘊藏量還要豐富。他帶了一大袋的杏桃來，那是我第一次見到杏桃！看著這些從來沒有嚐過的水果，我們興奮得不知如何是好！杏桃在我們家裡造成了一陣驚嘆喧譁，叔叔本人倒是很安靜，幾乎沒說什麼話！他臉龐白淨，皮膚細緻，有著一雙女孩般的水靈大眼。我很高興他讓我嚐到了杏桃的滋味，但我不覺得他這個人有什麼意思。他跟我另外兩位叔伯很不一樣，他們有趣得多了。

日錄伯父和明植叔叔兩人從龍巖回來時，我們還處在杏桃挑起的興奮狀態下。他們倆從清晨六點開始就在那邊的田裡幹活了。

小叔叔明植先大叫了一聲：「哥！」然後衝過去。

「明植，你好嗎？」

「我們有多久沒見面了？」

「……」

父親忍不住流下了眼淚，他已經十六年沒見到這個弟弟了，非常激動。他席地坐下，伸手往後，把平常晚餐時用的矮桌拉出來。拿出一瓶馬鈴薯酒擺在桌上，那是一種用馬鈴薯蒸餾出來的酒，這瓶酒是母親送他的，他一直珍藏著留待特別的日子享用。

「過來這邊坐。」他拉著弟弟日燮的手。「這是房裡最涼爽的位置。」

他們兄弟四個，日錄、聖日、日燮、明植圍著桌子團團而坐，舉杯互祝。

「乾杯！」

「他們怎麼把你派到那麼遠的地方？十六年了，連個面都見不著！完全斷了音訊！他們難道是故意讓人骨肉分離的嗎？」日錄伯父氣憤地低聲說。

「你很清楚，家人愈是離散，家庭的凝聚力就愈淡，國家就順理成章地取代你原本的家，成為你的新家了。」日燮叔叔一副已看清一切的口吻。

大人們圍著桌子說了這麼一番話，我完全不認同。家人愈是離散，凝聚力反而更強。證據就是，我跟姑姑分開兩年了，我從來沒有這麼想念過她。所以正好相反，距離拉近家人情感！

姑姑，對啊，她現在人在哪裡？她變得怎麼樣了？還有她的男朋友呢？因為這段無緣的戀曲，奶奶只得搬離北青市區，遷居郊外，避開閒言閒語。當晚剩下的時間裡，看著這四兄弟慢慢地喝光這瓶馬鈴薯酒，我滿腦子想的都是姑姑，完全沒想到我再次見到她已經是十多年之後了——在小叔叔明植的婚禮上，再來就是姊姊結婚的時候。

一週後，日燮叔叔離開家，之後我們再也沒見過他。

我應該是十一歲左右吧，一天，父親下班時帶了麵包回來。是用小麥麵粉做的，不是那種用玉米粉或米粉混充的。這種麵包價格大多非常昂貴，至少要十五韓圜。那是位在清津港的歌梅姬餐廳送給父親的禮物。他們進行工程的那段時間，父親開著拖拉機前去幫忙，餐廳老闆於是送他麵包作為酬謝。收到這樣一份非比尋常的禮物，通常我們會偷偷地享用，避免引來鄰居的垂涎和閒言閒語。一個不小心，很容易就會被舉發。這段時間，我還記得父親跟我說了關於母親的一個事件，當時母親肚裡懷著姊姊，他知道母親吃不飽，一天晚上下班之後他拿了一只湯鍋跑到河邊，生起一堆小篝火，從口袋拿出一小袋米，放入鍋裡煮，然後再偷偷把煮好的飯帶回家給我母親吃。我問他為什麼非得跑到河邊煮飯，他說那個時候年輕夫妻的人數非常多，每對夫妻都同樣有營養不良的問題。他不能在家裡煮，因為米飯的香氣會飄散出去。我問他米是從哪裡得來的？國安局的人很可能會找上門問話。後來他向我們坦承，他偷了幾件鄰居晾在外面的襯衫，拿到市場換米。那時家裡前前後後被搜了好幾次，他們始終找不到偷藏米的蛛絲馬跡，所以沒有人被逮。

母親把麵包切成片，大小均等，分給我們。那片麵包吃起來就跟喝蜜一樣，好吃得不得了。姊姊、正鎬和我那天夜裡整晚都在回味，能品嘗到這樣的美味，我們覺得好快樂、好滿足！當然，這件事絕不能外傳。絕不能讓朋友知道，連福順、惠林都不能說。

每個月派發兩次食物配給券。有正職的人每人分配七百或八百公克的食物，依照職務的性質而定。家庭主婦則是每人三百公克，年紀小的孩子一百公克。我的配給量跟母親的一樣，三百公克。等上了中學，就跟姊姊一樣增加為四百公克，而後若上了大學——如果進得去的話——再增為六百公克。我還記得那張泛白的粉紅紙券，上面寫著我家的編號，二五六號，清楚標注家裡所有成員的姓名，以及獲分配的食物種類：玉米、白米、豆腐。其中百分之七十屬於玉米類製品。

券面上還有另一組號碼：四一九。意思是我們須在每個月的四號和十九號前去領糧。我們迫不及待地等待這兩個神奇日子的到來，因為我們很清楚，那天晚上的餐桌上就會有白米飯了。無論男女老少，全家每人一碗白米飯，碗裡的飯量全都一樣。有些家庭，男人分配到的飯量會比較多，但在我們家，所有成員一律均等。如今想起來，父親真的是非常公平且讓人尊敬的人。他跟大多數的北韓男人不一樣，只會嘴上嚷著人人平等，實際行為卻是不折不扣的大男人。

派發糧食的日子，也就是每月的四日和十九日，母親和姊姊就帶著糧券到離家步行五分鐘遠的配發中心。有一天，姊姊生病了，母親叫我陪她去。那裡有兩道門，分別供人進和出。我們把配給券拿給入口處的公務員看，他們再計算該派多少給我們。糧券於是被轉進隔壁房——

我們不能入內——不過我可以透過小窗口看見裡面的動靜。裡面有兩只鐵桶，一只裝滿了玉米，另外一只則是白米。工作人員小心翼翼地人工秤重，然後把秤完重量的玉米和白米倒進一個圓柱狀的滑梯管道，直接滑到我站著等待的窗口下方的管道口。每個家庭都有一個食物配給布袋，灰色的，我得小心地把袋口對準管道口，才能不讓滑出的任何一粒米跳出布袋。落到地上的東西，我們沒有權利拿！配給局有時候也會發麵條，我和弟弟不太喜歡麵條，因為不頂飽。才剛吃完一頓麵條，很快又感覺餓了。母親扛起布袋走回家。那天晚上，布袋裡有白米、玉米和鹽。醬油、麻油和糖非常少有，雞蛋更是罕見，只有像是金日成誕辰這樣的大日子才能看得到。

怎麼辦呢？當配給的糧食不足以養活全家的時候？如果你有錢，可以到百貨店試試。這是本區唯一一間超級市場，由國家經營，就在對街，正對著我們的公寓，離我們家很近。那是一間小雜貨鋪，一次只賣一種商品。例如，店裡若出現了漁獲，附近的大媽立刻口耳相傳，爭相走告：「我看見運魚的卡車來了，快，快去商店門口排隊去！」於是一條長長的大媽人龍瞬間蔓延。一般而言，商品會堆放在商店後頭，所以從排隊的隊伍裡很難看得到店裡還有多少貨。一旦人們感覺貨品不足以供應所有人之需時，一開始規矩排列的人們，很快地就會失控，大家爭先恐後，一片混亂。不管你是大人、小孩或是身懷六甲，全都一擁而上。「要有吃的才能活啊」，至此什麼都顧不得了：

「別扯我的頭髮，妳這爛婊子！」

「滾開，下一條魚是我的！」

我很討厭到百貨店搶購，但母親總是派我去；她知道我從來不會空著手回家。

父母親身上一定隨時帶著布袋，以備萬一白天裡發現食物蹤跡。有一年夏天，母親回家時帶了滿滿一袋的桃子。至今我仍能清楚地看見姊姊、弟弟和我圍著這堆神祕水果雀躍不已的模樣。我沒有吃過桃子；鮮甜多汁的果子，每一口都是未知的滋味。我遲遲不願吐出桃核，一直含在嘴裡直到吸乾最後一根纖維。多虧了母親養豬的小生意，我們才能享受這麼好的禮物。她辛勤地工作，好不容易存了一點錢，才有餘力讓我們嚐嚐鮮。我們真的太幸運了！我心裡想，我敢說福順一定沒吃過桃子！我一邊陶醉地想，一邊反覆提醒自己千萬不能問她吃過沒有。

在我的印象中，桃子一直是很珍稀的水果。桃子的主要產地在金策（每個城市專門種植一種水果，例如羅南多種植西洋梨），北青也產一點，但北青出產的桃子沒那麼好吃。我怎麼也想不到，一直要等到二十幾年後——逃到中國之後——才又再見到桃子。

—第四章—

我們走的是完全相反的道路

我很難想像這樣一個女子，與我如此不同，
卻又如此驚人地相似……

「想要來點什麼？」

「智賢，妳想喝點什麼？我想來一杯咖啡。」

在倫敦維多利亞廣場旁的紅色咖啡館，我們坐在後邊慣常的位子上，看著女服務生替我們在杯子裡注滿咖啡，然後將裝滿砂糖的糖罐放在我們面前，給了我們一個燦爛的微笑後，踏著輕快的步伐離開。咖啡很順口，微苦但醇厚。我們喜歡約在這裡，因為從曼徹斯特過來，智賢總是搭巴士，然後在維多利亞公路總站下車。她雖是在巴士上過夜——搭火車太貴了——但總能在早上八點鐘準備妥當，準時開工！

儘管車站旅人行色匆匆，卻是少數幾個我們能夠安靜駐足，放膽交談，拋開箝制彼此的迥異意識型態的地方。此刻是我倆平行的人生擦身拂過的安詳時刻，也是我們牢牢抓住任何可能的共通之處，試圖拉近彼此，而非分裂彼此的時刻……智賢舀著糖，我靜靜地等。我第一次建議她來杯咖啡時，她這麼對我說，她開始懂得品味咖啡的芳醇了，但不能不加糖。兩匙，一直都是。

我聽她娓娓道出她的童年往事，眼裡盡是思鄉懷舊之情。將近兩小時的瘋狂謄錄，有時還得費盡九牛二虎之力才能讓她卸下心防吐露她的日常——例如，我花了好一番功夫才得知她小時候都穿什麼樣的衣服。她記不得了，白色的上衣，下身是黑色的，僅此而已。她的記憶都是黑白的——我認為這個細節本身就非常值得注意，我在筆記本上謄下的這段文字邊旁標了一個大大的星號。重要。

接著我開始思考。我的人生經歷和她的迥然不同，幸而經過長時間的傾聽和分享，我慢慢能夠站在她的立場，聆聽、感受每一個字，每一句話。我很難想像這樣一個女子，與我如此不同，卻又如此驚人地相似，生於界線的另一邊，生活在一塊被其餘世人遺忘的土地上，而那塊土地對我來說就像是地獄的代名詞。

「妳知道，妳在鄉下的童年時光讓我想起我的童年。」我抬頭對她說。

「哦，真的？」她狐疑地回答。

「是啊。比屋內其他廳室地面更矮一層的廚房，權充爐灶的大鐵鍋，和上面蓋著的厚重黑色鍋蓋，以及提供地暖的溫突，我爺爺奶奶鄉下的房子完全就是這個樣子。還有奶奶，妳的奶奶——我也是這麼叫的。若非妳我說的是同一個語言，我倆之間確實有可能出現鴻溝。然而，類似『奶奶』這樣的字眼，會直鑽入人的心窩。讓人心頭一震。」

「妳常去妳奶奶家嗎？」她小聲地問，嘴角蕩漾尴尬的笑，似乎在說：「我也可以問妳問題吧？」

我很不想跟她談及我的個人生活，因為我天性靦腆，不容易被情緒左右，但我欠她一個回答。

「小時候常去。我爸媽會帶我去那邊過聖誕節或暑假。隨著年齡變大，就愈來愈少去了，之後我們經常待在海外。我父親是外交官。」

「什麼？**外交官**？？？」

「對……怎麼了嗎？」我囁嚅地說。

我說了什麼不該說的話嗎？難道我倆世界的差距真的如此巨大？我傷了她的自尊嗎？想要據實以告，真的挺難的……我突然覺得惶恐不安起來。也不知道這感覺從何而來，我無法掌控。我出生在「好的」韓國，她出生在「壞的」韓國。這不是我能決定的。他們是戰犯，直到目前為止，我一直滿足於這樣的論點，不願進一步往下推論；人生止於北緯三十八度線。

「——哇，妳的父親一定是非常重要的人物！」智賢臉頰紅了，寫滿仰慕。「他在政府機關工作……我明白妳為什麼猶豫了這麼久才願意接下這本書，這對妳來說一定很不容易。」

我默然。透過我的沉默，她理解到我接下這個計畫，同樣也冒了相當的風險。從她的眼神裡，我讀到了「謝謝」。

「我還以為妳只是個移居倫敦的普通南韓女子……實際上，妳就像是我們北韓那邊的軍事將領（最高的核心階級，或是金日成的直系人馬）。」她笑著打趣我。

我喜歡她的幽默感，這讓我感到安心，給我力量繼續下去。

「啊，我不知道這樣的比方恰不恰當。在南韓，要成為外交官，需要通過國家考試。只要成績夠好就行了。跟社會階級沒有關係。嚴格說起來，我父親應該算是『白手起家』。他十四歲的時候，應該是韓戰爆發的前夕吧，他是村裡第一個腋下夾著《時代雜誌》到處晃的人！他非常想學好英文，然後成為外交官，走遍全世界。」

「我父親十四歲的時候已經加入北韓的軍隊！」

「對，我記得……」

我盡可能地讓自己快速轉換，進入智賢的幽默模式，搜尋適當的字句。

「妳父親也是一輩子都在報效國家。只是以一種不同的方式。他沒有機會念書，但就某種程度來說，他們倆一生都盡心盡力地固守自己的崗位。」

「是啊，的確可以這麼說。」

我們倆有那麼一刻，思緒陷入平行的生命軌跡裡，雙雙覺得感動又驚訝。

「妳父親，他在哪裡長大？」她問，焦急地想多知道一些。

「在全羅道，我國的西南邊。」

「全羅道？我的爺爺也是全羅道人！是我奶奶跟我說的。他的家鄉在南邊，跟妳一樣。其實，金日成的祖輩也是全羅道人！」

「啊，真的？」我說，難以掩飾我的驚訝。「我完全不知道。學校裡從來不教這個。其實，除了專門研究北韓的學者之外，我想應該沒有多少人知道。」

這個大發現點燃了我內心的慾望，急切地想重溫歷史，將所有這些晦暗未明的事件和人物重新予以定位。

「——他有幾個兄弟姊妹？」智賢追問，她跟我一樣地迫不及待。

「兩個哥哥，一個姊姊，他是老么，但卻承擔了最多的責任，尤其是經濟方面。」

「嗯，我明白妳的意思……」智賢點著頭說。「跟我父親一樣，我奶奶的葬禮一結束，他馬上就叫他的兩個兄弟搬到家裡來住！」

「我就不必多費唇舌地解釋為什麼我父親自成年之後，終其一生，都會寄一部分的薪水回去給他的父母。他們之前在鄉下的房子，還是茅草屋頂哩；多虧了他寄錢回去，才把屋頂換成『瓦片』。瓦片屋頂是一九七〇年代富裕的象徵！我還記得爺爺奶奶的茅草房頂不見了，我難過了好一陣子。醜陋的青瓦取代了茅草，看著就不順眼。一頁童年就此在我眼前崩解，碎成千百片。我不懂為什麼比較有錢了，就一定要把東西弄醜，明明應該是要變得更好看才對啊。」

「等等，我還以為茅草屋頂只有在照片上才看得到！好比學校掛的金日成照片裡面。我只知道公寓，我唯一住過的獨門院戶就只有我奶奶家，可是屋頂鋪的是瓦片啊！」

「所以在一九七〇年代，北韓明顯是比南韓富裕嘍。」我有點洩氣地說。「我還以為南韓一直都比較富有，北韓一直是貧窮的那一邊！」

我實在有點難以嚥下我剛才得知的這頁全新史實。我心緒有些混亂，想著一定要找機會問問父親，確認這件事。

我們相對無言。說到底，難道我們的歧見竟是人為刻意製造出來的？

「妳知道妳說的韓語完全沒有腔調，我是說北韓腔？我一直不敢提起，不過我很早就注意到了，這一點頗讓我感到意外。」過了一會兒，我才開口。

「是的，我知道……我花了很多功夫在上面。我不想別人對我另眼相待，或是歧視我。每次只要遇見南韓來的人，我就會特別留意他們的腔調。從我逃離北韓，在遇到妳之前，我曾經接觸過不少南韓人；有些是在中國認識的，還有一些則是在我開始參加人權會議之後在倫敦認識的。我想跟大家一樣，這大概算是一種求生的本能吧。」

「妳覺得改腔調很難嗎？」我一臉困惑地問。

「不難，不是很難，我還挺有語言天分的。相較於在壓力之下學中文時遭遇的困難，這根本不算什麼。」

「妳到英國後，碰見的第一批南韓人，妳對他們有什麼看法？」

「最讓我感到驚奇的是，他們跟我說他們可以自由地遊訪各個國家，也可以到任何地方生活！只是，我沒有辦法立刻跟他們親近起來，我的心裡還有太多的仇恨，原本抱持的國仇家恨……要完全化解不是件容易的事。事實上，老實跟妳說了吧，妳是第一個我覺得可以信任的南韓人。其實就是有一次妳來曼徹斯特拜訪我的時候，我看到妳跟我的孩子們玩，這才有了可以信任妳的感覺。」

這一番話讓我激動不已。「妳是第一個我覺得可以信任的南韓人」。她剛剛說出口的這句話彷彿有千斤重。然而我必須克制自己的情緒，我不是這次訪談的主角，更不是來訴說自己內心感受的，主角是她。

「拍攝紀錄片，也就是剛認識妳的時候，我也感受到了那種尷尬。」我說，口氣盡可能維持從容平穩：「但我隨即察覺到我的內心萌生了別的東西。某種親密感，就好像妳是……我的姊妹。我不知道該如何向妳解釋。一個來自北邊，生平第一次見面的姊妹。我很快就覺得跟妳很親近。」

智賢點點頭。她完全能理解剛剛那段時間裡產生的魔力，某些字詞的重要性，好比「信任」或「姊妹」，這些字詞將帶領我們打破過去的緘默，邁向人生新里程。

「妳和我，我們走的是完全相反的道路。」智賢語氣平和地說，彷彿不願此刻我們沐浴的神奇魔幻就此破滅。「我們成長的過程很不一樣，不過，儘管天各一方，我們還是找到了對方。」

第五章

父親的黨證

他對我們說起他能加入黨，成為黨員，無比的驕傲。

我很會背數字。我記得只要給我日期，我就能把相對應的歷史事件列出來。一九一二年四月十五日，是金日成的誕辰，也稱「太陽節」；一八九二年四月二十一日是金日成母親的誕辰；一九四八年九月九日是北朝鮮民主共和國的建國紀念日；一九四二年二月十六日是「光明星」金正日的誕辰*。說真的，就算到了今天，依舊是日期喚醒我對事件的記憶，而非先想起事件才聯想到日子。從幼兒園開始，我就不停地背誦日期：《金日成的生平》一書裡面密密麻麻全都是日期。這本以漂亮的雪白紙面印刷，陪著我長大的聖經，終究還是有點用處的！無疑地，多虧了它，才造就出我這方面的超強記憶！

一九七九年九月，我進入南清津女子中學就讀，當時我十一歲。那一年，雪季來得早，開學前幾天，我和弟弟正鎬還在街上閒晃，堆雪人玩。「打倒美國人！」他一邊大喊，一邊挺直三歲大的身軀，把裝了熱水的鍋子朝雪人的頭上倒。雪像被陽光曝曬似的融化，只不過速度加快許多。我先是敬佩地靜默，接著爆出一陣狂笑。

---

* 譯註：據傳金正日出生時，天上出現雙彩虹，和一顆明亮異常的星星。

上學的日子，我永遠都是清早五點頭一個起床的人，往脖子繫上紅領巾，一身黑白衣裝，勤奮不輟地學習金日成的革命偉業，並積極參與課後的運動和歌唱活動。外語是門全新的課程。俄語，真是天大的發現！以西里爾字母拼寫的東斯拉夫民族語言，讓我著迷不已，更帶給我無窮無盡的樂趣！我們也學漢字，一種中韓混血的表意文字，用漢字的語義充實韓文，純粹以語音為基礎的韓語字母。

小學和中學的學費一律由國家負擔。教科書的數量足夠供所有學生使用，所以學生家長不需要自行影印了。但學生得自己花錢購買教科書。有許多同學負擔不起這筆書籍費。我屬於有能力每年購買新書的一群，所以每學年結束，我都很自動地把書捐給學校，送給沒我這麼幸運的同學。

打掃教室和廁所也是全新的體驗。要用蠟燭替桌子和水泥地板打蠟。所以我們的書桌抽屜裡總是隨時備妥一塊破布，下課休息時，拿出來快速地擦擦桌面，就完事了！廁所位於教室外面，多由在自我批判大會時遭到懲罰的學生負責打掃——幸好我從來沒有受罰。附近的農家定期來收集水肥，當作肥料，不然糞坑很容易就滿溢出來，尤其是在夏天，雨下個不停的時候，雨水、糞便、爛泥全部混在一起……冬天其實也沒有比較好，全都凍結成冰，大塊糞泥冰一直延伸到廁所門口……負責打掃的同學得拿鏟子用力剷，才能清出廁所的出入口！

中學生活，我覺得最新奇的是每學期的下鄉勞動之旅。作物收成時節，集體農場需要勞動力的支援，於是學校提供了免費的季節性農作人力：學校裡的學生。這可不是學生郊遊野餐，倒像是牧羊人老師帶領一群羊，邁著笨拙的腳步下田勞動，而非自在吃草。

四月時節，我們大約會離校四十天。如果需要額外除草，或者要搶時間及時插完秧的話，停留的時間可能更長。十月的動員則主要是收割稻穀和玉米，約莫十五天就完了。

我第一次下鄉強制勞動是在一九八一年，我十三歲。某個愜意的九月午後，我們被發派到漁郎，從羅南坐火車大約一個小時的車程，那裡的農村專門種植稻米和玉米。全班同學和導師受徵召全員前往。我們一行共四十六名女孩，因為第一次坐火車旅行而雀躍不已，整趟車程我們不停地歡笑打鬧。我們輕快地穿越村落，翻過山嶺，接著眼前出現一畦畦的水稻田、黃土路和白牆灰瓦的鄉村屋舍，宛如奶奶家。路彷彿永遠走不完，沿途盡是鄉野風光，不時可見高聳的巨大文字標語，鼓勵居民發揚戰士精神，努力生產米糧：

「搶採秋收如同作戰」

一路上，行經一座座合作農場。滿眼盡是牛犁和牛車，再不然就是手推的機動翻土犁，有這個就已經很不錯了。耕耘機——外觀看起來應該是蘇聯製的——非常罕見。姊姊預先警告過我這趟旅程會非常累。儘管她諄諄示警，我卻毫不在意，因為我身體比她強健，況且我在羅南附近已經累積了很多這類的勞動經驗。然而，這次的動員確實不比其他。我們這屆的七個班級都要加入評比。我們的導師說了，我們絕對要拔得頭籌。而父母親給我的唯一告誡是夜晚出門危險，完全沒提體力的負荷。他們那一輩在我們這個年紀時不曾有過這樣的經歷。母親幫我整理背包，裡頭放了換洗衣物、一點鹽巴、肥皂和一枝牙刷。她還為我準備了烤玉米以及一點玉米粉——只要加點水就能和成麵團。

一到站，我們個個邁著精神抖擻的步伐，迎向我們的任務。到達農場時正值下午工作時間。農場裡不見半個人影，大家全到田裡幹活了。我們只好在農場辦公室外面等候，等人回來。我興奮地想，我們有自由時間吔！漁郎的小溪流水潺潺，就在我們的眼前。老師沐浴金色陽光。大夥兒決定去河邊玩，老師不置可否。那是我第一次下水玩。其實羅南距離海邊只有四十分鐘的步行路程，更何況羅北河離我家也不算很遠，只是我從來沒下水。羅北河很危險——有好幾個人淹死在那裡，因為河底大肆挖採砂石建造住宅之故，因此形成多處危險湍流。且不說我們平常沒有多少閒暇時間可以去玩，更重要的是那裡累積了許多水底冤魂，所以我們的父母都嚴令禁止我們去那裡。

漁郎溪水流平靜，我們踏進水裡，蹦跳潑水鬧個沒完。我們同學之中沒有一個人會游泳，但我們不在乎，因為我們都是第一次玩水，光是下水就已經夠刺激了。嬉笑喧鬧中，香淑和海英的尖叫弄得大夥兒更是亂成一團。

「——有蛇！」她們驚聲尖叫。

大家全都嚇傻了。

「哇，救命啊，快點上岸！」

「妳們怎麼這麼笨，那不是蛇，是鱒魚！」

「妳看，牠的背部閃耀虹彩光芒，看到了嗎？好美喔……」

老師在一旁自始至終只是看著我們，沒有一聲叱責，任我們恣意嬉鬧。她看起來有些不安，有些擔憂，就像是第一次遭遇到某種臨時狀況，不知道該如何應付才好的樣子。十三歲。動不動就發笑，人生如是美好……

幾個小時後，農民終於從田裡回來，和老師協調劃分工作和安排住宿。老師接著分配接待我們的住宿家庭，並隨機點名室友。我很幸運地被分配到跟頗具藝術天賦的銀姬同住，她很會畫畫，她母親做的紙花更是栩栩如生。接待我們的家庭主人是一位單身婦女，約莫跟我母親同齡，人很溫柔又親切。她給我們鋪了床墊和被褥，但沒有給吃的。我們也不抱怨，有些女同學只能直接躺在地板上睡覺呢。

第二天早上，大夥兒集合好等人來帶我們下田的空檔，農民就先讓我們幫忙清洗玉米、青豆、蘿蔔和白菜。玉米收割下來之後，後續就交給我們了，我們負責摘除外面的禾葉，然後一顆一顆地把玉米粒擰下來。一般而言，我們小小的手指頭力氣不夠剝開緊緊相連的玉米粒，手指流出的鮮血會滲入玉米汁，將金黃的玉米粒染上點點紅漬。我們禁止聊天，只能趁著老師不注意的時候，偷偷講話。我們會吸吮玉米，裡頭有甜甜的汁液，非常好吃。大多數的時候，我們都跟著農民幹活，老師不在身邊。老師人不見了，沒有人知道她去了哪裡。學生天天忙著剝玉米粒，當然不用上課。但是，自我批判大會卻是照常天天舉行。

前往稻田的路上，我們會一路拔蘿蔔。白白的蘿蔔細細長長的，在城裡幾乎沒看過。我不知道這樣的行為是否是被允許的。肚子餓的關係吧，這些蘿蔔吃起來鮮甜可口極了，也許本來就真的很好吃。一路上，我們狼吞虎嚥吃個不停。當然，我們不可能不被逮到，而且也遭到了懲處，但是我們太餓了，寧可接受懲處也不想餓得大腸告小腸。我們自己帶來的糧食根本撐不過十天。

姊姊說得沒錯：體力勞動辛苦又累人。每天晚上睡覺時，我都忍不住流下淚來：黑暗中的我們，每個人都在哭。我們才十三歲，卻個個說不出話來。我們累得完全不想動。任由淚水流淌發洩，死寂的黑夜，每個人都為自己感到悲傷。我好想羅南的家，也好想奶奶家。那邊到了傍晚，左鄰右舍齊聚門前聊天說笑，這邊，農民每天忙得連想在臉上擠出笑容，或和鄰居聊天的力氣都沒有。這是一個孩子們哭著入睡的村子。

一九八一年也是我當選班長，豐功偉業的一年。因為我功課優異，人緣又好，我在三位副班長當中脫穎而出成為班長。副班長每人負責一組女孩，監督該組的作業進度，我則專職主持每日的自我批判大會。我會把遭人舉發的學生名字呈交給老師，然後給予懲罰：罰清掃戶外廁所。我的壓力極大，因為我必須非常小心，不讓任何人有機會從背後反咬我一口。頂著「職責所在」的大帽子，我冷靜地執行班長的職權，沒有任何罪惡感。

整個中學時期，我非常認真地念書。週日，只要沒有被叫到學校協助裝卸貨物，我都在準備考試。就算放假的日子，我也每天念書。我常常去一個朋友家寫功課。我們制定讀書計畫並且互相幫助。紙張匱乏，所以絕對浪費不起。除了《金日成的生平》一書外，其他的書和作業簿都是用粗糙的褐色紙張印刷，勉強能寫字。我記得有一天，我父親從吉州*的一間紙工廠出差回來，他帶給我們的紙，那品質之糟，簡直跟在木頭上寫字沒兩樣。父親用針線將這些紙縫起來，裝訂成冊，好讓我們能在上頭寫字。我們最起碼還有可以寫字用的東西，有些同學就沒

* 譯註：北韓咸鏡北道南邊的城市。

那麼幸運了。

若遇上全國性的慶祝活動，好比金日成誕辰紀念會，課後還必須留校辛苦排練合唱。我不太喜歡唱歌，幸好我總是能夠想辦法擠進詩歌朗誦團。春季鄉野之旅結束後，還會舉辦一次體操競賽。強迫勞動後，一身疲累，基本上只能勉強拖著兩條腿走路而已，這樣的身軀每天下午放學後還得去練習雜耍特技，或一字馬劈腿，三到四個小時之久。每天晚上八點以前根本回不了家。我們班永遠都是最厲害的一班，但這是付出多少代價換來的啊！

一九八二年的春天，我們第二度下鄉，目的地是一個叫做慶源的城鎮，也就是今天的新星郡*，它的地理位置比清津更北邊，位處朝鮮半島的東北角，鄰近中國邊界。我當時十四歲。根本想不到後來自己竟會在那裡度過這麼多個春天和秋天。從清津出發後，旅程備極艱辛。我們得換乘兩次火車，換乘的時間不是半夜就是凌晨，這樣一來，我們完全沒有機會認識慶源附近的鄉野地貌。我們負責插秧，把在界定內的土地裡栽培的小秧苗，重新植入稻田內，同時確保整株秧苗都浸在水裡。每人分配到一只木頭小板凳，能讓你偶爾坐下休息，只是根本沒有時間用得上。我們每人必須插完長五米、寬一．八米的秧苗，才能吃早餐，所以我們連坐下休息

＊ 譯註：朝鮮咸鏡北道北部一郡，北隔圖們江與中國吉林相望。

一分鐘都沒辦法。凌晨時分，雖然時序已經入春，仍是春寒料峭。我們穿的衣服不夠保暖，更何況雙腳還得一直泡在水裡。萬一有人無法及時插完負責的秧苗，我們就得協力分擔，可是大家做完自己的份額都已經累得不成人形了，幾乎沒有人還有餘力……當然，如果我們沒能做完，負責監督我們的農民就會在每日的自我批判大會上舉發我們。幸好我手腳快，總能在時限內插完所有份額。

吃飯時間總是最痛苦的時刻。餐桌上永遠都只有黃豆渣和醬油，加上爸媽給我們帶的醃蘿蔔。被挑上管飯的同學最是幸運！有一回我被派去磨玉米粉，以便製作麵條。那一整天我都得彎著腰看顧壓麵機壓出來的玉米麵條，弄得我全身腰痠背痛，但痛苦是值得的：

「妳可以帶一些回去，分給朋友吃。」

「真的嗎，老師？」

「不要聲張就好，去，這些拿去，快走！」

類似這樣的時候，我就會覺得努力念書成為老師心愛的弟子是有好處的：「身體需求」戰勝了「道德良知」，我毫不猶豫地接受了這功利主義的舉動，絲毫沒有質疑她的做法。她是叛徒嗎？我壓根兒想都沒想過！與其挺身反駁，不如建立彈性，甚或是一種「與敵方的默契」。

有一天，我們在圖們江邊的水稻田幹活。圖們江是中國東北部和北韓的自然邊界。抬頭望可以看見對岸的中國田野。對岸的稻田裡從來沒見過人的蹤跡。真奇怪。老師沒有多解釋，大家也不會多問，但我們都知道那邊是另一種世界。房子的風格和穿衣的方式都不一樣：那邊是中國。最讓我們感到驚奇的是，那邊的田野覆蓋著一層巨大的黑色塑膠布。

「中國人是懶惰蟲！」我低聲說。「居然沒有人來田裡幹活……」

「總之，他們種田的方法非常奇怪，這一點無庸置疑。」銀姬回答。

「妳覺得他們有方法可以不弄髒雙手種稻嗎，不像我們？」我問她。

「噗，真好笑的一群人，我不知道他們在那底下搞什麼鬼，反正他們什麼都不會，都是些貪吃懶做的米蟲。妳看，我們多賣力啊！他們永遠也趕不上我們！」銀姬鄙夷地說，隨即重新專心幹活。

有時候，可以看到幾個中國人到河邊洗衣服。他們盯著我們看，我們也盯著他們看。雙方相隔不到二十公尺，但從來沒有開口講過話，反正彼此也沒有什麼好說的。二十公尺，就足以隔出兩個世界。

＊＊＊

是受到主體思想的影響嗎？我們很小的時候就已經習慣一切都要靠自己了。주체（主體）

源於日本殖民時期全民對抗的精神，原始的字面意義是「自立自強」。換言之，要有絕對的自主權才能夠成為掌握自己命運的主人，之後延伸到經濟上要自給自足，和軍事上能自我防禦。置入到家庭單位，原則同樣不變。一切都要自己想辦法，孩童六歲就要在沒有老師的帶領下，獨力走路上學，獨力完成作業。當家裡其他成員都在忙時，想辦法一個人找樂子……這一切的磨練形塑了我們無比堅韌的性格！然而，回想起這段時間，我領悟到我的父母無法像今日的我這般陪伴小孩玩耍成長的那種無奈，一股深沉的悲痛和惶恐席捲了我。

一九八二年裡最重要的大事就是金日成的相片旁邊出現了另一張相片：金正日的肖像。為了歡慶他的四十壽誕，他的相片終於能與他父親的比肩了。一般民眾可能要等上好幾年才拿得到這張相片。但我們學校名列第一批政府頒贈的名單中，全校師生都深感驕傲。

中學生活是作業和競賽的規律循環，沒有太多的時間給計畫之外的事，只有一個例外，那是在一九八三年十月的某一天，我十五歲了，附近的幾個同學上氣不接下氣地跑來找我：

「果園在發放免費的蘋果！」

話剛說完，順姫、銀玉、正琴和我忙不迭地找出灰布袋，然後往山丘上衝。往九德山的山坡非常陡，很快我們就跑得氣喘如牛了。果園裡擠滿了人：自願撿拾腐爛落果的人，撿拾一天可以獲得幾顆新鮮蘋果當作報酬。小孩不得參加。我們於是假裝在附近撿落葉玩，趁果農轉身一個不注意，身手矯捷地拉下樹枝偷摘。我們把摘來的蘋果塞進布袋裡，萬一被抓了，肯定會在自我批判會議裡遭到圍剿。到手後，我們飛快地逃離現場，一直跑到九德山的山頂我們才覺得安全。我們在山頂的落腳處眺望山下城鎮，眼前是兩、三層樓高的磚牆樓房、田野和果園。終於能坐下來享用我們的戰利品了……這才發現這些蘋果對我們小小的牙齒來說實在太硬了，根本咬不動！

「大騙子！」我氣憤地大聲說。

「白忙一場……」順姬和銀玉嘟囔著。

「我總算明白那個果農跟我們說話的時候，為什麼笑得那麼奸詐了！垃圾！」

我好氣，回家的路上我氣得一句話都說不出來。

＊＊＊

快到家時，迎面衝鼻而來的氣味更加劇了我那天的怒火。這也不是我第一次看見醃漬鯖魚掛在公寓陽台上晾曬了——這種魚吃著非常美味，聞起來卻臭不可當，那一天，瀰漫街上的臭腳丫味讓我火冒三丈。為什麼大家都在曬鹹魚？到底是為了什麼？

還有那棟「三千人大宿舍」，那是棟相對來說比較新的公寓，是專門為了剛退役的士兵而建的棲身之所。就這樣，突然之間，整個區域平白增加了三千名住戶，如何不讓人側目！到了傍晚下班時刻，所有人同時湧出雇用他們的清津鋼鐵廠。聽著轟隆腳步聲，不用猜，肯定就是他們急急湧入街頭了。如果不想淹沒在這波人潮之中，最好避開這段尖峰時間。他們行事相當低調，不過我父親還是要我們小心他們：他們都吃不飽，會偷東西。

身心一直處在小心提防的警戒狀態中，我快受不了了。太累人了。一整天摘採玉米，到了晚上整個人累得癱倒，連澡都不想洗，甚至連爬進被窩的力氣都沒有了，長期扭摘玉米禾稈，兩隻手傷痕累累，臉被烈日灼傷，嘴唇龜裂，每天逆來順受地跑腿做雜務……回到家還要繼續跟豬的吵鬧聲、鯖魚乾的臭氣、街上成群的士兵奮戰。做這些到底有什麼用？這樣正常嗎？

再來，還要養蠶……政府規定家家戶戶都要養蠶——家庭即蠶絲工廠的概念——再把結出的蠶蛹捐贈給國家，為國內的紡織產業盡一份心力。這對公寓裡的大媽來說又是額外的工作負擔。蠶的卵不比黑芝麻粒大多少。先得把卵放在濡濕的桑葉上好讓卵孵化成蟲。孵化的蠶以桑葉為食，不斷地吃，不斷地長大……母親最後乾脆上山砍下整枝桑葉帶回家，插在房間角落的盆子裡，可見我們對桑葉的需求量有多大。我們於是被迫睡在樹葉底下，彷彿野外露營。睡著後，白色的蟲有時會如雪花般軟軟地掉落我們的頭上。我還記得一覺醒來，房裡到處是這些舞動纖纖細足圓圓胖胖的白色小蛆，萬頭攢動的景象。牠們緩緩爬上我們的手臂、脖子還有臉，我面無表情地一一將牠們從身上取下，既不覺得噁心也沒有特別惱怒。最起碼這些蟲對人完全無害，牠們總是安安靜靜的，更不會散發惡臭。和蠶寶寶共居的時間一直持續到牠們把自己裹入繭中為止，至此我們的職責就算完了。一旦結成蠶繭，我們就把繭送到工廠，由他們負責悶死蠶蛹，把蛹挖出，拉出蠶絲，然後加工成為出口的紡織原料。

每天清晨五點，我都會到小溪旁。這是我所知道的唯一一個安靜的地方。一條沒有名字的小溪，離我們家不遠，母親常來這裡洗衣服。這裡是我解數學方程式和背誦革命歷史重要日期的最佳場所，這兩種練習都需要極大的專注力，稍不小心記錯一個日子，很可能就賠上你整個的未來。我們一家都是數學資優生，尤其是姊姊。我還記得她參加過電腦程式競賽。學校沒能替她找到一台電腦，只給了她一個和原尺寸一模一樣的假鍵盤，好讓她練習打字。她的指尖遊走於這些從用完的水彩顏料軟管旋扭下來的黑色塑膠蓋上，蓋子上面用白色顏料寫了韓文子音和母音字母，再把這些字母通通安裝在一只塑膠盒上。晚上，她把她的鍵盤帶回家練習，那模樣就像在敲打一台靜音鋼琴的鍵盤。她在作業簿上寫滿程式。她從來沒碰過真正的電腦，卻知道怎麼執行程式。她曾告訴我，她知道怎麼讓北韓國旗在螢幕上迎風飄揚……一九八三年，她贏得了咸鏡北道富寧郡程式設計競賽的二等獎。同年，我弟弟正鎬開始上學。六歲的他，也跟我們一樣，展露出數學的長才。

一九八四年的某個夏日，中國共產黨總書記胡耀邦訪問清津。那年我們在學校裡剛好學到中國，中國是「有著相同血緣的姊妹」，因為韓戰時期他們曾大力協助我們，而我母親也有遠親在中國，鄰居家的電視也不時會播放中國電影，除此之外，我對這個國家的認識很有限。中國人跟我們長得像嗎？我心裡想。和我們吃同樣的食物嗎？日子過得跟我們一樣嗎？

那天，全城居民傾巢而出，齊聚主要幹道，二號公路的兩旁，整齊排列成夾道歡迎隊伍。羅南人已經很習慣這樣的集會了。大聲公傳來模糊的指令，保安員警哨音吹得震天價響。人們迅速移動，沒有抱怨也沒有推擠。全羅南數十萬居民在短短四十五分鐘之內就能集合完畢。家庭出身最高的居民有資格站在群眾的最前面。我們班因為學生的身分，多半被安排在中間位置。高舉我們小小的臂膀，揮舞中韓兩國國旗，對著他們乘坐的大型黑色轎車用盡全力高喊「歡迎總書記，歡迎金日成！」父親很幸運地親眼瞥見了我們的領導，但母親因為家庭出身比父親低，永遠排在我們後面，根本什麼都看不到。

回到家，父親拿出玉米酒慶祝那天的好心情。這是他自釀的酒，一直珍藏著留待特別的日子。他喜歡偶爾喝一杯。當天晚上，他對我們說起他能加入黨，成為黨員，無比的驕傲。幾分鐘後，他從大家坐著的地板上一躍而起，走到衣櫃前。他把自己的紅色帆布文件夾藏在摺疊整齊的衣服底下。他從文件夾裡抽出一本雙頁對摺的紅色卡片，封面上寫著「韓文」——朝鮮勞動黨黨證，裡面貼著他的相片，並標注著入黨日期。我知道父親把重要的東西藏在衣櫥裡，但直到今日他才首度揭開這珍寶的真面目。我相信他把這張黨證看得比自己的生命還重要，當然也看得比我們都更加珍貴，這一點我完全能夠理解。

「我希望你們也一樣，將來哪一天能有屬於自己的黨證。」他揮舞手中的黨證對大家說。

接著，他一擺手拉高T恤下緣，露出了令人無法置信的景象：他左邊下腹有一條好大的傷疤。我們張大嘴愣了好幾秒鐘。

「一九五九年我在江原道服兵役，眼看著就要退伍了，此時我抓到了一個南韓間諜！」

「江原道在哪裡？」正鎬滿臉疑惑地問。

「是我們跟南韓交界的一個省分。我當時在金剛山服役，由於地處南方邊界地帶，所以戰略地位極為重要。」

「啊，後來呢？發生了什麼事？」姊姊興奮地問。

「我發現了一個間諜，立刻撲上前去。」

「你是怎麼撲過去的？從後面？還是從前面？你身上有帶武器嗎？」正鎬連珠炮地問。

「你不需要知道這些細節，」父親果斷地回答。「這涉及軍事機密，我不能告訴你們。我只能跟你們說，我們拚鬥的時候，他一刀刺進了我的肚子，我當下失去了意識。等我醒來的時候，我不僅還活著，還立刻獲准成為黨員——即時入黨——因為我殺死了那個間諜，我成了戰爭英雄!!」

「父親最棒了！」

我們全都奮力鼓掌叫好。

「我們真的非常以你為榮！」

當時他才剛滿二十二歲。母親對我們說她非常敬佩他。我們當然也同樣敬佩他，但是我們從來不曾對自己的朋友提起。我有些朋友，雙親都是黨員，而我，我只有父親是黨員。我不希望他們提到我母親。我感到羞愧。

第六章

家庭出身與十顆雞蛋

這事絕對不能傳出去。
絕對不能向任何人透露吃雞蛋的事。

我其實一直都知道母親的社會階級低下，儘管到現在為止，這一點並未給我帶來什麼不便，只是心裡不解父親為什麼會娶一個家庭出身不好的人？十年的軍旅生涯，他的表現可圈可點，還曾在金剛山逮住了一個南韓間諜，當下隨即獲准入黨成為黨員，他是戰爭英雄啊！那他為什麼不娶一位「巾幗英雄」，一個跟他同等階級的女子呢？

一九八四年年底的某一天下午，我們放學回家，母親鼓起勇氣為我們解釋了個中原由。當時我們剛得知姊姊雖然獲得了程式設計競賽的首獎，卻沒能取得她屬意的研究員一職。姊姊在校表現非常優異。她是班長，還是全校班聯會的主席。終其一生，她都在為爭取軍隊研究員的職位而努力。她甚至還買了一套軍服，偷偷地穿給我看，然後再仔細地摺疊整齊放進衣櫃裡。

只是不管她再怎麼努力，這個學校的模範生，家裡的模範女兒，卻遭到黨國拒於門外。這項消息給她非常大的打擊，關在澡房裡哭了一整晚。那天之前一直篤信主體思想的父親，則整晚喝著悶酒，藉以掩飾內心的失望。母親的苦惱不安想藏都藏不住，當天晚上她一句話也沒說，直到第二天她才開口。她守在門口等我們放學，眼眶泛淚。

「孩子們……」

我的心臟停止跳動，立刻明白有要緊的事發生了。

「請不要讓我再說一遍我等一下要說的話。過來，靠近點。」她對我們這麼說，我們才剛放下書包呢。

「好的，媽媽。」姊姊恭恭敬敬地回答。

「我必須跟你們談談我們家的事，很重要。」

「我們家？發生什麼事了？」我結結巴巴，小心翼翼地問，心裡已有了不祥的預感。

「你們父親和我雖然社會階級不同，我們還是結婚了。我的家庭出身不純。你們的父親只好欺騙奶奶，騙她說我是共產黨員，她才同意這門婚事。他對外宣稱我因為在工廠工作的時候表現傑出，所以成為了主體的一員，還說我雙親都已經過世。那個時候，黨員是本鎮每一位未來婆婆都渴望企求的好媳婦！」

「可是他為什麼要說謊？」正鎬不解地問。

「這樣奶奶才會同意這門婚事……她絕對不會接受一個社會階級比自己兒子低的女人。」

「所以他為了妳，欺騙了他的母親……」我傷感地說。

「你們的父親為人非常有責任感，也非常務實。他想娶一個不僅能夠照顧他，還能照顧他的老母親、身障的哥哥以及弟弟的人。然而跟他相同家庭出身的女人絕不可能願意做這麼多。

因此他需要一個階級比較低下，會因為與他聯姻而能夠對外表現得彷彿自己階級高，進而感激他，願意為丈夫和家庭奉獻自己餘生的女人。」

我搜尋姊姊的目光。雖然自知沒有權力要求母親對這些事情提出說明，但我們知道再也不能迴避這些艱難敏感的問題了。

「可是妳是因為什麼原因家庭出身不好呢？妳的家庭不好嗎？」看到姊姊拋來的許可眼光，我大著膽子問了。

「你們的外祖父在戰爭時期逃到了南邊……」

我簡直不敢相信，整個人癱軟在地。千萬不要！這種事怎麼可能發生在我們身上？我們朴家，可是模範家庭啊！從來沒有做過任何壞事。父親還是戰爭英雄，我們幾個在學校也是成績優異……我們的外公外婆都過世了，至少我們是這麼相信著，沒想到竟然是因為這個，所以我們家從來不曾提及他們。

「所以他是……反逆者？*」我慌了。

「聽我說，」母親口氣堅毅地說，相較於一開始的激動，如今她的口氣裡聽不到一絲情

* 譯註：即外界所謂的脫北者。

感：「日本殖民時代，你們的外公是金策的地主，名叫盧太宇。一九四五年解放後，他試著想加入共產黨，然而一個被腐敗的資本主義洗腦的舊地主，想要入黨根本是天方夜譚。後來，韓戰爆發，也就是一九五〇年到一九五三年間，他決定要到南邊去試試運氣，反正在北邊他再怎麼做也只是個醜惡的資本家，沒有社會地位也沒有未來。有一天，他叫我母親打包行李，準備當晚就離開。但到了晚上，我的母親沒有勇氣跟隨他離鄉背井。我父親只好自己一個人逃到南邊，我的母親把我託給我的舅舅太旭照顧，然後也走了，就此人間消失。她那時候才剛滿二十歲。」

母親對我們說，她的舅舅太旭看到外甥女被拋棄非常氣憤，立刻在清津大街小巷四處尋找，終於找到了我的外祖母。然而她不願意抱回自己的女兒。我的外祖母不要我的母親。

「嗄？什麼？妳的母親不要妳了？」正鎬顫抖著低聲說。

「是的……她不想跟你們外祖父『盧氏』一家人有任何瓜葛。」

丈夫是反逆者還逃到南邊，這種事怎麼可能瞞得住，再者外祖母也怕牽連自己的兄弟姊妹，所以她選擇離開。她知道她只要隱姓埋名幾年，她的案子就會自動歸類為離婚案，然後便不會再受到丈夫叛國罪的株連，她就能擺脫掉「反逆者老婆」的陰影了。

「太自私了！」我不平地說：「她怎麼能忍心拋棄自己的孩子？還有他，外祖父怎麼能自己一個人走掉，留下老婆和孩子呢？」

我努力地保持鎮靜，因為我不希望鄰居聽見，但我氣得快跳腳。我由此開始憎恨我未曾見過面的外祖父母。叛徒……兩個都是叛徒。我能夠理解父親為了娶心愛的人而欺騙自己的母親，但我卻無法原諒為了保住自己性命而拋家棄子的外祖父母。

「也就是說，外祖父如果是反逆者……我就是南邊壞人的外孫女嘍？」

「對不起……」

也不知是因為怒火中燒，抑或是出於求生的本能，我的思緒開始飄移。外祖父拋棄了我的母親……的確，我很清楚，黨國永遠大過自己的孩子。所以，幾年前，一位年輕母親葬生火海，她雙手緊緊抱著一張照片。是那張照片。她的寶寶死了，自己也死了，照片卻逃過一劫。這起事件登上了報紙的頭版。她選擇搶救照片，犧牲自己的寶寶，但這英勇的事蹟卻給了她的丈夫和其他幾個孩子一條通往光明未來的康莊大道：金日成賜予這戶人家未來三代子孫的庇佑。拋下我的母親，這是我外祖母向黨國宣誓效忠的方式。我對自己說，她此舉只是單純地想劃清孩子與反逆者的界線。黨國優先，孩子其後。

姊姊什麼都明白了，她不獲錄取軍方職位的原因……她身上流著源自母親的反逆者不潔血液……

「只要能隱藏這件家族醜事，我什麼都願意做。」母親接著說：「所以，你們就繼續裝作什麼事都沒有就好。如果有人問起關於外祖父的事，你們就說他已經過世了，從此之後，你們認定的外祖父就是太旭爺爺。完全跟以前一樣，懂了嗎？」

我好希望姊姊打斷她，告訴她不要再提太旭爺爺了。我好希望姊姊告訴她：「他又不能給我我想要的職位！妳很清楚都是因為妳，我才沒有錄取!!」但姊姊個性內斂，這種話她絕對說不出口。「天知道她心裡在想什麼？」每當姊姊默默地不作聲時，母親總是這麼說。

那天下午，我們的外祖父就這樣在我母親的口中被抹去。我們靜靜地相對無言。這番話毫無預警地從天而降，我們不太知道該如何反應：我，智賢，十六歲，少年先鋒隊的成員，竟是反逆者的後裔……學校裡的同學若是知道了，肯定會對我們指指點點，我們會成為被霸凌的對象。這件事絕對不能洩漏出去。不行，我不能是反逆者的外孫女。

我對母親又是懷抱著什麼樣的感情呢？憤怒？同情？我的腦子亂成一團。後來，我慢慢才了解她小時候過得非常辛苦。她成了孤兒，由清津的太旭舅舅撫養成人。少年時期，她的舅媽成玉一天到晚罵她家庭出身不好，連累了他們一家人。她的舅媽總是左一句賤貨，右一句賤貨。在她認識父親之前，她沒有一日能撕下「反逆者女兒」的標籤。某種程度而言，我很高興因為父親的緣故，她的日子能夠過得稍微平順些……但是我們呢？我們豈不是就這樣不明不白地變成了反逆者的外孫子女？她又會怎麼對待我們？萬一哪一天她覺得處境危險了，是不是也跟著有樣學樣拋下我們？這是自私地只為自己著想，還是求生的本能？我突然明白，如果父親沒有隱瞞母親的社會階級的話，奶奶為什麼絕對不會接受這樣的兒媳婦了。

＊＊＊

祕密保守得很好，我們家的階級雖然因為「反逆事件」而受汙，但並沒有對十六歲那年的我產生任何實質上的影響。我唯一要面對的壓力就是學業成績。尤其是革命史這一科，我絕對不能允許任何失誤。其他科目，例如世界史，完全不重要，因為不打分數。我必須在期末考考出優異成績才有機會進大學。深怕自己表現失常，所以我花費更多的心力在課業上，尤其我野心又特別大，夢想著進入平壤大學就讀。那是我的終極目標，是讓我晉升「菁英行列」的門票。

這一年我們花很多時間學習黨的思想。金正日剛剛發表了一篇名為〈「主體」概論〉的論文。主體是金日成統治時期，首次於一九五五年提出的一套思想體系，遲至一九八二年才化為文字出版。根據這套思想，我們是被選上的民族，是自己命運的主人，而他是這個民族的領導人，他會替我們指引道路。不論你是待在家裡的大媽，或是在外工作的父親，所有的人都要牢牢背誦。那個時候，市面上還沒有影印機，我想辦法弄到一本拿回家，用黑色墨水，手寫抄錄在我父親特意存下來給我們在家裡做功課用的紙張上面。這本書擺在大會堂的書櫃裡，旁邊另有二十來本其他的書——清一色都是關於金日成的出版品。我從來沒見過這位英雄本人，但我對他和他家人的愛戴是絕對的，而且我知道他們值得我尊敬，因為我欠他們一家人的，比欠我父母的還多。

對十六歲的我來說，成績優異並不只是把〈「主體」概論〉背得滾瓜爛熟而已，還要輔以朗誦藝術。我們必須把文章大聲朗讀出來，言詞流暢無礙，並適時地加上抑揚頓挫。學校舉辦親師會時，老師也必須對著在場的家長朗聲讀出給學生的評語。成績優秀的學生名字會貼在牆上，而且是在眼睛高度的顯眼位置上。幸好姊姊、正鎬和我的名字一直都在牆上，我父母為此感到非常高興，但總有一些學生位列「待改進」的一群，他們個別淡然地恭喜我們……

日子一天一天過去，每天都大同小異：念書、擦窗戶、為校舍牆面刷油漆、收集柴薪、學習操作手槍——戰爭隨時可能爆發，一定要預先做好準備。唯一值得一提的是我交了一個新朋友池惠英。她在班上成績很差，每週的批判大會上，總是被導師指著鼻子罵。看著她不知所措，哭成淚人兒的模樣，我心裡很難過，所以主動提議指導她做作業和複習功課。不知不覺中，我師法了姊姊為我樹立的典範，她就是這樣幫我的。

在校方的眼裡，我的身分最早是「明實的妹妹」，而後才變成智賢自己，某種程度上，我覺得有些受寵若驚。一天，放學回家時，姊姊帶了一本自己親手抄錄的數學教本回家。我知道那本書全校只有一本，她花了好大功夫抄寫，然後帶回家幫我補習。這純粹出自內心的慷慨和好意讓我好感動，時至今日，我依舊認定我後來數學能夠這麼好，都得感謝她，感謝她的無私奉獻，不求回報。

因為我替她複習功課的緣故，惠英的成績慢慢進步，我們之間的友誼跟著加深。惠英是家裡四個孩子中的老大，所以得承擔很多的家事。她的父親三年前被政府外派到俄羅斯，她的母親跟我母親一樣都是大媽。政府派駐俄羅斯的人，出生成分肯定非常好，而且一定是黨員。

「妳父親在外國工作啊！」一天下午，做完功課後，我羨慕地對她說：「他在俄羅斯做什麼呢？」

「呃……我也不是很清楚，他從來沒有提起過。我只知道他住在俄羅斯。老實說，他做什麼並不重要，重要的是因為他的關係，政府送了我們一台彩色電視機，還有好多俄國製的筆記本和鉛筆，妳能想像得到嗎？他一定非常賣力工作，我們才能得到這樣的回報。總之，我真的非常以他為榮！」

她父親出發之前，國安單位要求他們一家人簽下保密協定，所以惠英很少談及她父親的事。我很想知道沒有父親在身邊，她是怎麼想的，只是我一直找不到機會問她。我們很要好，照理說應該會互吐心事，只是中間橫著一紙保密協定，又害怕隔牆有耳遭人檢舉，所以就算是最要好的朋友也沒有辦法完全交心。

雖然我們的日子無論從哪個角度來看都規規矩矩，毫無差池地繼續著，我卻注意到自從姊姊申請工作失敗之後，家裡的氣氛一日不如一日，父母口角變得頻繁。難道說父親後悔當初沒有娶一個同等階級的女人嗎？或者他是在氣自己沒能及早明白孩子的將來會因此受到牽連？總之隨便一件小事他們都能吵起來。

「明實的爸，我再也弄不到足夠的糧食了。連一小塊豆腐，都得拚了命才能拿到。」一天晚上，父親下班才踏進家門，母親便抱怨。

「妳在說什麼啊？什麼，沒有足夠的糧食？要拚了命才拿得到，真是胡說八道！黨向我保證過，一定有足夠的糧食給每一個人！我不要再聽這些亂七八糟的事了。」他大聲說完後離開廚房。

隨後，彷彿酒能讓他忘卻一切煩惱似的，他走進房間開始喝酒：「現在她連我們該有多少糧食，都算不清楚了……她變了，變得好吃懶做，屋漏偏逢連夜雨啊！」他一邊嚥下第一口玉米酒，一邊嘟囔著。

日子變得益發艱難，比起清洗公寓外牆，母親更加操煩的是每天晚上的那頓飯。一天晚上，父親下班回家，我預期著又要上演每日慣常的夫妻吵架戲碼時，他悄悄地鑽進廚房，手上抱著一只背包，那模樣活像是抱著一個嬰兒。背包外層是黑色的帆布材質。幸好那天晚上沒有人看見他走進公寓；大媽都在自己家裡忙著做晚飯，所以公寓大廳沒人。儘管如此，他還是警覺地回頭四處瞧，確定沒有人看到他後才關上家門。因為他的舉動太不尋常，我們全都跟了過去，想知道背包裡面藏了什麼。他擺擺手示意我們不要出聲，然後把背包放在廚房桌上，從裡面拿出雞蛋，一個接著一個：五十顆雪白的雞蛋。他小心翼翼地把蛋放在背包旁邊。看著這幅情景，母親難掩興奮之情，她把雞蛋捧在手心裡，數了一遍又一遍，然後通通放進一個大海碗中。連我，兩眼也只看得到那些雪白的蛋殼，我這輩子從沒看過這麼多雞蛋，看得我目眩神迷。

「我們該拿這些東西怎麼辦呢？」母親神情憂慮地低語，瞬時打破這幾秒鐘的靜默。

「是羅南的一家農場給的。他們感謝我幫忙他們工作，所以送我的。我知道嚴格來說我沒有權利拿，這是屬於國家的，但我拒絕不了。」

「所以這是違法的嘍？」我顫抖地說。

「是的。萬一給鄰居看見了，或是聽見了，到警察局去告發我們，我們會立刻遭到逮捕。」

喜悅之情僅維持了短短一刻，恐懼接著籠罩我們一家五口所在的廚房。

「可是，爸爸……」姊姊囁嚅開口，攔截父親目光的焦點。

「用水煮，全部煮掉，現在馬上。然後一口氣通通吃掉。」父親口吻堅定地說。回家的路上，他都已經想好了。不能讓任何人知道他帶了五十顆雞蛋回家。他的臉上看不出任何表情，但語氣堅定異常：

「這事絕不能傳出去。絕對不能向任何人透露吃雞蛋的事。」

母親把門鎖上，因為她知道鄰居向來不會先敲門，就直接進來了。我們關了燈，母親燒水煮雞蛋。我們待在黑暗中，在家裡的起居室裡等了整整十分鐘，聽著鍋裡蛋殼互相碰撞的聲音。煮好之後，母親把裝了蛋的碗放在起居室一隅，以平靜的口吻對大家說：

「——一人十顆。」

她話才剛說完，我們立刻爭先恐後地開始剝殼吞食。我們都很餓，就算冒著被逮捕的危險也值得。我們默不作聲地吃著，彷彿這是一場神聖的儀式，彷彿只要一出聲就會破壞雞蛋的美味。每回拿出一顆蛋敲破蛋殼的時候，正鎬、姊姊和我就會互相交換滿足的眼神。父親不止一次把手指放在嘴巴上，示意大家小聲一點。他其實不需要反覆提醒我們，我們全都很清楚，如果被隔壁的張太太聽見了會有什麼後果。

正鎬頭一個吃完，等姊姊和我也吃完自己那一份時，全家人都撐著鼓鼓的肚皮，幸福地彼此相望……我們就這樣動也不動地待在那裡，若不是父親發話了，可能還會這樣待著好長一段時間。

「蛋殼怎麼辦？」他煩惱地問。「要怎麼銷毀？」

這個問題問得全家人措手不及，大夥兒呆了好幾秒鐘。把雞蛋帶回家吃下肚，父親已經設想得天衣無縫，就是沒想到還有殘留的蛋殼。我們睜大眼睛望著爸媽，期盼他們能盡快想出辦法。

「用研缽磨碎了，然後扔進火裡燒掉！」話還沒說完，母親已經抓起研缽。劍及履及，幾分鐘後蛋殼全化成細灰，朝火焰撒下。接著母親往火裡加一根柴。天衣無縫。完美犯罪。

這種吃得飽飽的滿足感……在北韓生活的三十五年裡，我僅僅感受過兩次：八歲那年，父親帶了歌梅姬餐廳送的麵包回家那一次，以及這一天，一口氣吞了十顆蛋。

＊＊＊

一九八四年，也就是我十六歲那年，我的小叔結婚了。他的妻子叫黃玉順，長得出乎我意料的漂亮。叔叔個子比較小，眼睛細長，他的新婚妻子卻很高，比他還高，而且長他三歲。我覺得他們這樣的組合很奇特，但事實上，從他們不斷交換著笑容的模樣，可知他們一定非常幸福。那天，儘管六月暑熱，他穿著一身黑色西裝，她呢，則是一身淡粉紅傳統韓服。雙手捧著花束，脖子後方低低的髮髻上插著幾朵紙花，叔叔西裝上衣的口袋也繫著紙花。看著這對美麗的新人，我不禁對婚姻產生了憧憬。

人民班裡有人結婚，最高興的莫過於該棟公寓的小孩了！事實上，新人的家庭要準備婚宴食物邀請大家分享，一想到可以飽餐一頓，公寓裡的孩子們在婚禮的幾天前就已經耐不住興奮喜悅之情了。我母親確實在當天準備了一桌豐盛的宴會席，菜單有米糕、油菓、油炸的米果、水果、一隻雞、蒸魚和麵條。桌上一邊是堆疊得高高的、不加糖的年糕，另一邊則是梨和蘋果。桌子的正中央則是那隻雞，嘴裡插著一根紅豔豔的辣椒。早在婚禮舉辦的一年之前，母親便從半個月一次的食物配額中省下兩湯匙的米，存起來準備婚宴之用。我敢說這世上只有北韓母親有辦法完成這樣的創舉！

鄰居張太太連續兩天來家裡廚房幫忙。最喜歡全家團圓的父親很高興地邀請了他和叔叔的朋友一同來歡慶這個大喜之日！

婚宴結束後，我們陪同新人到羅南公園，在金日成的巨大銅像前獻花。去警局登記結婚之前，新人必須先向銅像致敬，這是規定。等到浦項警局簽完文件之後，我們一行人再次回到家裡，姑姑在那裡等我們——我已經有十年沒見到她了。她當時二十七歲，長得跟奶奶簡直像是同一個模子印出來的！夜晚降臨，叔叔跟他的朋友在起居室喝酒，新娘子則靜靜地裹在那一身新娘禮服裡，除非她的丈夫允許，否則她不得擅自脫下。她耐心地待在鄰居家裡等待，恪遵傳統禮教。

才剛習慣了小叔成家離開後留下的虛空，那年夏天又發生了一件大事：當眾行刑。

＊＊＊

我和姊姊還有正鎬才踏進家門，我們公寓的人民班長就來敲門，要我們立刻回學校。原來是抓住了一名叛徒，並且即將公開予以懲罰。「這可是難得一見的事。」她說完旋即消失。姊姊、正鎬和我因為事情發生得太突然，還有些丈二金剛，特別是父母親從來沒有具體地說明過所謂的「懲罰叛徒」到底是怎麼個懲罰法？我知道我有些朋友曾經看過公開執行死刑，但我們卻是頭一遭。

我們急急奔往學校，一路上迴避彼此的眼光，一語不發。到了學校，導師叫我們排好隊，一班接著一班，前往羅北河。仰頭看見雲朵層層堆疊，天空灰沉沉。行刑的地點在橋邊，橋上擠了最多人，也是看得最清楚的地方。聚集群眾有的是剛從工廠下班的工人，也有鄰近公寓的居民和學生。我們得走上好一段路，因為我們家離羅北河稍遠，所以我們算是最後一批抵達現場的人。橋下平坦的沙石灘上豎立著一根木樁。此時一輛軍用吉普車突然出現，後面跟著兩、三輛小貨車拖著長長的灰黑煙塵。警察從車裡拖出一個戴著頭罩的人，那人連路都走不穩，很明顯地身體非常虛弱。或許他被帶到這裡之前，曾經遭到刑求。看到叛賊現身，群眾開始鼓譟。那人被綁在木樁上，他的面前有三名士兵排成一列，肩上頂著長槍。因為現場沒有喇叭，所以我們聽不清楚他們在說些什麼。

「他們在說什麼啊？」我們身旁的人高聲地問。

「你聽見什麼了嗎？那人幹了什麼壞事？」

「好像是說他殺死了一頭牛！」

「一頭牛？他怎麼敢做這種事！讓他死，他該死！」

「你們看，士兵在跟他說話呢，他好像想說什麼……」

砰！砰！砰！砰！那人一認罪，立即傳來槍響。三名士兵分別朝那人的頭部開了一槍，然後往下朝胸口和膝蓋又各開了一槍。我一點都不覺得難過。每次槍響之後，那人就更往下滑一點。鮮血流淌，染紅地面。那人一動也不動。屍體從木樁上解開，用草蓆捲好，旋即抬上車載走，消失在我們的視線之外。

「妳想他們會怎麼處理屍體？」正鎬問。

「我不知道。」我回答：「可能丟到山裡吧。」

看著逐漸遠離的車，我突然想到，這種事可能發生在任何人身上，我也可能碰上，沒有例外。想到這裡我怕極了，但我只是呆呆地站在原地，悄然無語，跟四周的五千名其他圍觀群眾一樣。在我們獲准離開現場之前，沒有人敢亂動。回家的路程備極煎熬：腳下的土地彷彿承受不住腦袋裡的陰鬱想法而崩塌。我們想開口說些什麼，但字句含在嘴裡出不來。倒不如任由踩著機械化節奏的雙腳帶著我們走還比較容易些。回到家之後，父母親對此事依舊無隻字片語。他們剛剛親眼目睹了槍斃犯人的過程啊！母親一如往常地準備晚餐，吃完飯我們立刻鋪床睡覺。之後，全家再也沒有提起此事。

第七章

國家是神

我感到的恐懼之情更勝於悲傷……

我十七歲那年，盼著進平壤大學就讀的夢想破滅了。我早該心裡有底，三年前當姊姊申請研究員一職失敗的時候，我就該死心了。一九八五年九月，我成為清津農業大學的新鮮人，但這並非我的選擇。清津農業大學是所名校，是各省縣大學中的佼佼者，只是它不適合我。我的數學成績如此優異……我所有的努力，難道最後只是為了成為一名農婦！

大學入學考試全國第三的成績，顯然並未達到平壤大學的入學門檻，至少對我這個階級的人來說是不夠的。咸鏡道共有兩位學生獲選進入平壤大學，我不是其中之一。本地政府機關認為我比較適合耕田和畜牧。透過中學時期的校外教學活動，我對這個領域多少是有些體驗。我發狂地拚命念書參加大學插班考，想為自己開闢另一條路，或許有機會當老師也不錯，但我提出的申請被打了回票。之前姊姊的職務申請遭到拒絕之時，父親的憤怒裡多少還參雜了一些懷疑，這一回，那時內心隱約萌生的疑惑得到了證實：黨國拋棄了我們。他明白了，問題出在家庭出身。我母親的家庭出身是這一切厄運的源頭。

平壤大學……只是一場夢！我該拿清津大學開的氣象學和園藝學怎麼辦呢？成為稻米秧苗專家、玉米種植和畜牧業的達人嗎？好像我真的對種子培育和專業養豬知識很感興趣似的，雖然我對養豬已經算是知之甚詳了！說到動物，若硬要舉出一樣稍微能引起我興趣的，只有蜻蜓。我知道如何捕捉蜻蜓，如何肢解蜻蜓的身體各部分，更重要的是，我知道該怎樣「生」吃蜻蜓。是我住在鄉下奶奶家時，我的小叔教我的。那時他十四歲，我則只有四歲。他向我示範如何小心地先撕掉蜻蜓的翅膀，但不扯壞整個身軀，然後教我用拇指和食指用力摘掉頭，只剩胸腹，最後大口用力吸出美味的腹部體液。這項技藝，我永遠也忘不了。

只是此刻，換成我被國家的掌心掐住了咽喉，無力地只能等著被生吞活剝。他們小心地撕掉羽翼……至於頭和身軀，只是時間早晚而已，我心裡很明白。

清津大學，今日已改名為咸北大學，位置就在我們家那線公車的羅南站上，正對著農圃火車站。學校的建築跟當時大多數的公家機關一樣，多為日本殖民時期所建，灰撲撲的又老又舊。

也可搭電車到農圃火車站下車，每天早晚各有三班列車，車程只需五分鐘。搭公車的話，就得花上十五分鐘。我還記得我們家那棟公寓裡有兩位大媽擔任車掌一職，專門負責查票，和在票面上打洞。

事實上，電車和公車都沒什麼用。經常誤點不說，就算車來了也常常擠不上去，不如自己的兩條腿可靠。步行大約要四十分鐘。我正好利用這段上學的步行時間再複習一遍昨晚念的功課。這段上學路，有位朋友經常與我同行，她人很和善不多話，也常常利用這段時間來複習功課。她來自兩江道，父親是黨的高級領導；她的家庭出身完美至極。我知道她一拿到大學文憑便會離開這個地方，也深知她屬於另一個世界，所以不願意投擲太多情感在這段友情上面。

另一位我一直保持聯繫的朋友惠英，她進了「五月十日軍備廠」當女工，這間工廠的名稱取自金日成參訪該廠之日。惠英大學入學考沒考好，中學畢業後只能立刻就業。看著她當女工可憐兮兮的模樣，我替她感到心疼，也為她毫無其他可能的未來感到悲哀。同時也不禁要想，幸好我的未來還沒有完全定型。我始終保持著希望，期盼能有更美好的未來。

「我交男朋友了。」一天，她對我說。

「真的？」

「對，他跟我在同一間工廠工作。妳絕對不能跟我爸媽說喔，他們還不知道。」

「你們常常見面嗎？」

「沒有常常見面啦，嗯……每個月一到兩次吧？我們通常都去離工廠遠一點的地方……偷偷地散步。我們會牽手，也接吻。」

「妳不怕被人認出來嗎？」

「當然怕……我們只要一聽到腳步聲靠近，馬上就放開手，拉開彼此的距離。」

我沒有交男朋友，而且也不太想交，因為我知道只要一有風聲出來，每週的自我批判大會就虎視眈眈地等著我。此外，跟我同齡的男生全都服兵役去了，大學絕對不是青年男女互相認識交往的地方。功課真的太繁重了，根本沒有時間談戀愛……

＊＊＊

課程無聊得要命。一天，我拒絕服從班長的指令。那傢伙屬於中學一畢業就先入伍，當了十年兵之後再回學校的那種人。所以上大學時，他已經三十好幾了，經過這麼長時間的「中斷」，學業放掉太久，追得很辛苦。

同學稱呼他同志。他來自江原道，老愛在班上作威作福，身高只有一米六。他還要求我們除了完成自己的作業之外，還要替所有退伍後才入學的同學做作業。一開始，我根本不甩他。自己的功課就夠多了，我才不要沒事找事累死自己。連續一個月被罰在午休時間清潔勞動，放學後留校打掃教室之後，我投降了，乖乖地替別人做作業，不敢再有怨言。我尤其不願意看到自己在點名表上的名字，旁邊被加注了「反體制」的字眼。

大學二年級，我參加一項數學競賽得到第二名佳績。這等同於一張數學學力的證書，多虧了這項資格認證，才免除了我日後成為農婦的命運。「假設有十名美國大兵，其中六人中彈身亡，還有幾個存活呢？」我們一直留在戰場上，隨時準備狙擊可憐的美國大兵，但這套教學方法真的非常有效。

＊＊＊

大二那一年，一九八七年四月，學校安排我們接受六個月的軍事訓練。我這才發現大學原來不是只要專心課業就好，還得去學習如何打仗。我慌了手腳。中學時，我們頂多到軍營練習操槍一個禮拜就完了；到了大學，目標是做好隨時能上戰場殲滅美軍的準備。這場戰爭隨時可能爆發，我們一定要有萬全的準備。

第一次訓練選在位於羅南附近松坪區的江德營區舉行，那裡有一團女炮兵。我們跟著一群專門操控地對空飛彈的職業炮兵，一整天在戶外頂著燒炙臉頰的烈日，穿著跟她們一模一樣的軍服，接受同樣的訓練。我們是十九歲的小兵，扛著對我們這個年紀的女孩來說實在過於沉重的長槍，我心裡默默地想……原來當兵就是這個樣子啊！

宿舍味道很重，汗臭夾雜女性經期的腥酸。這裡沒得淋浴，也沒有衛生棉。一間通鋪睡十二個人，如果你不想給滿是灰塵的黑毛毯所散發出來的刺鼻臭味嗆得窒息的話，窗戶得全天候敞開。這些毯子八成從來沒有洗過。人怎麼能在這樣的情況下生活呢？這些女子怎麼會選擇軍旅職涯，而非其他職業？這麼可怕的地方會是這些女子的避難所？怎麼可能？當個大媽不是很好嗎？內心的這些疑問直到很後來我才得到解答，直到一位女子的命運，猶如一齣恐怖鬧劇在我眼前真實上演之後：那是我親生母親的人生悲喜劇。

也是在我大二這一年，我到穩城——位於半島最東端的城市，鄰近中國與俄羅斯——附近的鐘城待了五十天，美其名曰推動鄉村發展志願隊。我把這個消息告訴父母時，他們要我一定要小心自身安全，白天黑夜都一樣。絕對不能單獨出門，因為那裡的煤礦場用的都是罪大惡極的重刑犯。換言之，那裡有囚營。

要到鐘城必須先搭火車到會寧，那裡是金日成的首任妻子的故鄉，再轉乘蒸汽火車約莫一個小時才能到達。我原本以為一走出火車站就會看到滿街的囚犯，就像我父親描述的那樣：人人剃著光頭，穿著深灰色的囚衣。結果，映入眼簾的卻是另一幅景象。

這景象活像是從以前在學校觀看的日本殖民時期的黑白紀錄片裡走出來的。街上男人穿的長褲，都是用小繩子綁在腰上。孩童渾身髒兮兮，脖子布滿膿瘡，雙手皮膚皸裂，眼裡盡是垂垂老矣似的無力疲憊。天下著雨，韓式黑膠拖鞋，淹沒在街頭汙水裡，只聽到拖鞋破水前行的噼啪、噼啪音響。我從沒見過這麼悲慘的市容。我們一行人終於抵達暫居的住所，卻看到二十幾名女子擠在唯一的房間裡。屋子裡漏水嚴重，幾乎沒有一處是乾的。這裡是我往後五十天要住的房間，跟這二十幾位剛剛畢業，旋即受召前來為「鄉村現代化」盡一份心力的女大學生；也就是四年後的我……

鐘城是個沒有靈魂的城市，是軍隊以及後備支援隊奉命發展鄉村而建的市鎮。這些年輕女子非常專注地在田裡工作，效率比我高出許多。我一直以為自己手腳相當快，沒想到一比之下，我簡直就像是慢吞吞的烏龜。因為不停割捆煙草葉，我的手染成了黃色，又因為一整天栽種玉米和青豆，雙手破皮。我不像以往總是團隊裡的主力人物，這裡的我只能勉強完成一日的工作量。害怕失敗的恐懼悄悄襲來，心理的疲憊跟身體的勞累都超出負荷。這段期間，我瘦了，皮膚變得粗糙，長出厚繭，每次抬起腳往前邁步，步步都是椎心之痛。姊姊已經警告過我，此行會很辛苦。我可以做到，我在心裡默默給自己打氣。姊姊都做到了，我沒有道理做不到。

從鐘城回到家時，我驚喜地發現家裡多了一台電視。一台蘇聯製的黑白電視機，因此螢幕要比韓國製的要大上許多。

「現在你們不用跑到張太太家去看電視了，可以舒舒服服在家裡看了！」父親邊用乾布擦拭電視螢幕邊跟我們說，臉上滿是燦爛的笑。

「整棟公寓也只有十台電視！」弟弟興奮地補充。

「現在輪到我們讓鄰居來家裡看電視了。」父親志得意滿地說。

「我做的小生意賺了一點錢。」母親悠悠地補充說明這台電視突然出現的原因。

「說到這個，明實的媽，妳也該緩一緩了。妳這樣太操勞了，現在妳可以休息啦。」父親和善地看著母親說。

在韓國，夫妻從不互喊對方的名字，而是以「……的媽」和「……的爸」來代替，多用兒子的名字，若家中沒有兒子就用長女的名字。這是常見的習慣。比較罕見的是，家裡的母親老是出門在外做生意，常常不在家……

我的母親是天生的生意人。她拿一頭豬換了一台電視機，真是聰明至極。至今這裡還沒有人想過養豬來賣，再拿賣豬賺來的錢去做另一筆交易。接著她跑去邊境市鎮採購中國商品，再帶回到本地的小型市場轉賣出去；黑市開始興起，很快地這些黑市交易將成為全國大媽維持家庭生計的唯一出路。黑市交易多半隱身橋下，若是外圍郊區，有些黑市甚至直接就在街上臨時聚集交易，攤販們屈膝蹲著——韓國人等待時慣常採取蹲姿——一看見警察就立刻跳起來。黑市裡什麼都有，什麼都賣。有食物、碗盤餐具、衣服、鞋子、漫畫、五金器材……我記得有一天，她給我們買了中國製的衣服，布料品質非常好——那些粗糙到會咬皮膚的乙烯基尼龍布根本不能比。顏色也鮮豔：粉紅、鵝黃、天藍，都是北韓非常少見的顏色。她買回來的東西裡，有一條鮮紅的被子，正中央繡了一隻翠綠鸚鵡。我竟然記得這個，真奇怪。

＊＊＊

一九八八年二月，走了整整三天兩夜，我終於來到金正日位於白頭山*山頂的故居。我被選為清津大學代表，全校只有三個名額，所以能夠參與這次的健行，我覺得非常驕傲。

白頭山是朝鮮半島最高峰，位於半島北端，鄰近中國邊境。根據學校教科書的記載，金正日於一九四二年二月十六日，也就是抗日戰爭如火如荼進行之際，在這裡出生。也是在這座山的山頂，他的父親金日成統領追隨他的軍旅抗日。現在想起來，我後來發現在別的資料裡有不同的記載，例如蘇聯留存的檔案，這些檔案顯示，金正日出生時名喚尤里．日成諾維奇．金，而且出生年提早了一年，是一九四一年，出生地則是俄羅斯伯力地區的維亞特斯科耶！

＊ 譯註：Paektu，即長白山。

蓊鬱林木覆蓋山坡，如夢似幻，我任由自己徜徉其中。金氏一族在樹幹上刻下的字為四周氛圍增添了一絲莊嚴氣氛和一層深沉的歷史意義。這座活火山，儘管那天沉睡依舊，仍為此情此景抹上一重悲愴調性。火山口的天池池水映照燦爛陽光，周遭山峰岩石嶙峋，間或覆蓋白雪皚皚。那是我的太陽，它打開了我的雙眼，讓我看見破曉第一道曙光的美；看見星光閃爍，天幕蔚藍，它撫慰了我，它靜靜傾聽我的心曲，雖然有時候，它射出的強烈光芒遮蔽了我的視線，有時候甚至刺眼得讓我雙眼看不見……

＊＊＊

一九八八年六月，姊姊大學畢業，在朋友的介紹之下，認識了洪相哲，他長得相當英俊，頭髮烏黑光亮，年紀只比姊姊大一點而已。有一天，他來家裡找姊姊。我直覺地不太喜歡他，於是我告訴他姊姊不在家，叫他離開。弟弟正鎬也有同感，所以很高興我把他趕走。只是後來，姊姊似乎不太認同我的直覺，私底下持續跟他在清津另一端的水南區約會。相哲是漁夫，他跟家人就住在那裡。

唉，極度清貧的一家人！家裡有五個兄弟姊妹，最糟的是，他們的家庭出身很不好。

「妳絕對不能嫁給那個傢伙！」一天，姊姊偷偷約會回來，剛到家，父親就在廚房對著她大吼：「他甚至沒有去當兵，這太可疑了！」

「爸爸……」姊姊平靜地回答：「你也是長子。你知道一輩子背負著家人的期待，必須成為家庭『楷模』，是什麼樣的感覺。我不想活在這樣的壓力之下了。」

她竟然敢回嘴……我簡直不敢相信自己的耳朵。這麼長久以來，她一直都那麼安靜……我躲在廚房門後的另一邊，心裡想著。我好慶幸自己是么女！

「我給妳找了一個比那個沒受過教育的漁夫更好的人。」一天，叔叔高興地宣布：「他在軍隊裡做事，而且家庭出身無懈可擊！妳覺得怎麼樣？」他笑著問，似乎想緩和一下他進家門時感覺到的緊繃氣氛。

「不用了，謝謝，我沒興趣。」她語氣堅定地說，說完立刻離開廚房。

這無疑是最戲劇化的轉折了。到目前為止，一輩子都像是展示樣本的姊姊撕下「模範長女」的標籤，展現出讓人無法置信的自主精神！這需要多大的勇氣啊！我對她滿是敬佩。

母親是家裡唯一不反對這樁婚事的人。她大概在心裡盤算著，把魚拿到黑市去賣可以賺不少吧，她轉著這樁新生意的念頭，至少夠養活一家人；因為吃飽飯已經是個切身的問題了。父親他想得長遠，會想到後代子孫，想到孫子輩的未來會因為這個女婿的家庭出身而永不得翻身——他自己正沉浸在這樣的痛苦之中，所以非常了解。但母親著眼的是現在，她看重的是具體的東西，譬如桌上的飯……

＊＊＊

這學期，學校的生物課進行野地觀測，地點是靠近輪城公車站旁的一片小山坡。距離輪城公車站十分鐘的地方，有一座監獄，名為清津輪城集中營，也就是所謂的二十五號集中營。在此之前，我從來沒聽人說起過這座監獄。相當高聳的圍牆上頭還裝上通了電的螺旋鐵絲網，放風中庭的四個角落，四座哨亭矗立，讓這個地方顯得更駭人。監獄的四周圍嚴禁生人靠近，但山坡不在此限。從山坡上，我可以一眼望盡監獄的露天中庭，有的囚犯正在捶打金屬，製作腳踏車，有的則在翻土。他們清一色穿著深灰色囚服，頭髮剃光。太遠了，看不清楚他們是穿著鞋，或是光著腳。監獄入口的厚重鐵柵門對面，停著一些卡車，載他們出去到某個地方，傍晚了再載他們回來。他們穿過鐵柵門時，每個人都低著頭，不管是出來或回去都一樣。但——這可能嗎？這裡面還有駝著背的老人、婦女……和小孩……他們是受到了讓人聞風喪膽的連坐法的株連嗎？

在小山坡上，長達六個月的野地實驗課，讓我有了這意外的發現，然而我只能將它深埋心中，不能說出來，壓抑讓我變得焦躁不安。我強迫兩種我在心底共存——篤信思想主體的智賢，和被一鞭子從童稚美夢裡打醒的智賢。我經常戴著口罩，用棉線編織的白色口罩遮住口鼻。它保護我不受外界感染的同時，也讓我免於流露出嚙齧我內心的掙扎之情：在那鐵幕之後，有另一個我不認識，卻讓我感到害怕的世界。

偶爾會傳來槍響。據說是有人想逃獄。每每這類意外事件發生時，我都會跟母親傾訴，希望她能給我安慰，但往往只換來她一句事不關己的「好，我知道了」，就繼續在廚房切她的泡菜了。監獄裡每天都有人死，但槍彈似乎無法讓他們打消逃跑的念頭。

那些可憐的家庭到底做了什麼天理不容的事，遭到國安局判刑，甚至連帶所有家族成員都跟著被起訴，又有幾等親族受到株連呢？到底是什麼樣的滔天大罪，要驚動國安局幹員介入？三十年了，我依舊沒有答案。

＊＊＊

一九八九年春，某一天晚上十點，我們這層樓傳來淒厲的叫喊。警察狂敲位在走廊尾端的一號公寓大門。一家之主南先生不在家，他回鄉下探視雙親，家裡只有在製藥廠工作的南太太、他們二十歲的兒子恭以及兩個女兒，分別是十四歲和十歲。我和恭相當熟，前幾天我在走廊上遇見他，他告訴我他正在服兵役，上面給了他三天假，所以回家來看看。

一切發生得非常快。透過半開的門，我瞥見恭大驚失色的臉，彷彿霎時明白軍隊放他三天假的真正原因。他張口還來不及說話，兩名幹員已經動手脫下他身上的軍服，喝令他換衣服。等他換上T恤和長褲之後，立即被上銬帶走，接著又銬上他的母親和妹妹。一家四口跟著幹員離開。我不確定他們會被帶到哪裡，但等在他們面前的是什麼樣的前景，如今的我已經可以想見。

隔天早上，我聽到樓長崔太太在走廊說話的聲音，於是悄悄開了個門縫偷聽。她身邊圍了一群大媽：「那些幹員取走了被子和餐具，我進去看看還剩下什麼。」她邊說邊走進公寓。「金太太，妳跟我一起來。」一切發生得非常快，幾分鐘後她們走出公寓，手上拿著一疊紙鈔。

「一百韓圜！我想她存這些錢是為了給女兒們辦個風風光光的婚禮。」人民班長說。

一百韓圜，等於是一個月的薪水啊！

「是喔？她怎麼有辦法存下這麼多錢？我們只能勉強填飽肚子……」另一個大媽說。

「說實在的，私下存錢算不了什麼大罪，犯不著全家都進監獄。頂多被送到矯正拘留所待一陣子就完了，一定還有什麼內情……」

「這個神祕兮兮的女人，她還做了什麼？」

「不是她，是她的老公，以前是地主，國安局早就盯上他了。幾天前他喝過了頭，竟然指責黨害他窮途潦倒。他昨天到鄉下看他爸媽時就被抓了。批評國家可是重罪，所以害得全家人都跟著被逮捕，都受到連坐法的牽連。」

沒有人知道這一百韓圜後來跑哪兒去了。

「白天嚼舌根小鳥聽去，夜晚嚼舌根耗子聽去。」那天，這句俗諺有了嶄新的意義。要小心，小心，再小心，我一邊關門一邊對自己說。國家是神。永遠都是，亙古不變。那天晚上，我躲在棉被底下哭。南家是我從小到大的鄰居，是溫馨和樂的一家。一瓶啤酒，幾句不該說的話……五個人的人生就此葬送。對於一號公寓一家人的遭遇，我感到的恐懼之情更勝於悲傷，那恐懼跟我在輪城小山坡上感受到的一模一樣。

一號公寓空了一整年。

＊＊＊

一九八九年七月，輪到我們家迎來國安局幹員了。

他們來敲門時，家裡只有我母親在。等我們下午放學回來，她仍處在極度激動的情緒中，斷斷續續地把事情經過說給我們聽。他們跟她說，她這麼描述著，他們是來通知她，有位外國人要來北韓參加第十三屆世界青年與學生聯歡節。「喔，好。」她不明就裡地答應著，「可是每年的聯歡節不是都在平壤舉辦的嗎？」那一年，換成清津主辦，那些幹員表示，我們家被選為「接待家庭」，這可要感謝我們那位住在南部的叔叔獲准加入黨，成為黨的一員了。她一路陪著那些幹員走到走廊盡頭，不停地鞠躬，不停地道謝，直到她看不見他們的身影為止。聽到這個消息，她真的太高興了。

「這對我的家庭出身來說，是件好事！」她興奮地說：「不過我必須承認當我看到是國安局幹員上門時，我真的快嚇死了！」

後來我們才知道，所謂的住在南部的叔叔成為黨員云云其實都是幹員瞎編的，他們只是針對親族裡曾出過反逆者的家戶進行「禮貌性訪視」，隨便找個藉口罷了。說真的，我母親的確應該對那天國安局幹員的來訪感到害怕……

我偶爾會試著想像我那位反逆者外公長什麼樣子。電視播出的紀錄片《我們國家和他的子民》給了我一點想像的空間。那是個講述反逆者的節目，片裡的反逆者個個飽受思鄉之苦，都想盡各種辦法要回到北邊來探親。或許有一天我們的外公也會回來。帶著禮物，帶著新衣服。

或許他非常想念我們。他是一個怎麼樣的人呢？他有想過被他拋棄的女兒嗎？申請簽證入境北韓的費用很高。既然申請得到簽證，這些返鄉者應該很有錢吧。他呢？他是怎麼賺到錢的呢？南韓那麼貧困。這不重要，重要的是，我就可以穿著新衣服上大學了。

全新的衣服，就像小叔叔和他妻子結婚那天穿的禮服。現在他們夫妻倆已經有兩個女兒了，一個四歲，另一個十一個月大，而且嬸嬸肚子裡還有一對雙胞胎。一九九〇年，他們小女兒英華生日的前一天晚上，嬸嬸開始陣痛。他送她到醫院，但分娩過程很不順利，雙胞胎無緣來到這個世界，母親也因為不專業的產婆給她吞了太高劑量的止痛藥，以至於陷入沉沉的昏睡中，一覺不起。彷彿痛失妻兒還不夠慘似的，小叔叔還不能為他的妻兒辦一場體面的喪禮。他的妻子死在醫院，不是在家裡安詳辭世，這會帶來厄運：絕對不能辦喪禮，免得招來詛咒。小叔叔帶著兩個幼小失怙的可憐女兒從醫院回家，意志消沉。我的父母決定將他們的小女兒帶回家裡照顧，直到叔叔情況好轉。大女兒則留在他身邊。他們家離我們家步行只要五分鐘，離他工作的農場也很近，我們盡可能地常過去看他。英華不懂為什麼媽媽不在了，每天晚上哭鬧。我抱著她鑽進被窩，跟她說媽媽很快就會來找她了，所以她一定要好好吃飯，好好睡覺，健健康康地等她回來。一年後，她回自己家了，一個沒了媽媽的家。

—第八章—

只能意會，無法言傳：恨

我們每一個人的肩上都壓著這無聲的重擔……

智賢接受了AWA（Asian Women of Achievement：亞裔傑出女性）的邀請，參加訂於二〇一八年五月十日的頒獎典禮。幾個月前她送出了自己的參選報名表，詳述她致力讓世界能深入了解北韓現況的事蹟。她對於得獎並沒有抱太大的期望，但她很高興自己這麼做了，並且開開心心地參與這場盛會。

頒獎典禮當晚，我迫不及待地送了簡訊問她。

怎麼樣？

那時已經很晚了，孩子們都睡了，桌上擺了明天早餐的餐具，大門也已鎖上。我站在通往樓上的樓梯前，正準備要開啟保全警報系統然後上樓。手機長方形的光圈吸引了我的目光。

沒能獲得社會暨人道主義獎，有些失望。

唉……不過智賢很堅強，不會被擊倒的，跟她之前經歷過的那些，這根本不算什麼。然而，這是這個女子第一次跟我說她有些失望，我的心揪緊了。我該跟她說什麼呢？該如何安慰她呢？她完全有資格獲獎……

很遺憾，智賢……不過能夠入圍已經是一項榮耀了。

對，妳說得很對，謝謝妳。

我呆立在樓梯前，手握手機：我該寫一段長一點的話去安慰她嗎？還是現在馬上以振奮的口吻跟她通個話？或者乾脆睡覺去，明天再給她打電話。最後我決定簡單地送一條「晚安，明天見」的簡訊給她。當我低頭準備打字時，我看到「智賢」的名字旁出現3的字樣。三條簡訊？短短幾分鐘發生了什麼事？

他們念到我的名字了。

是主席獎……

我得到主席獎了。有人來引導我上台。等會兒再電妳。

我感覺喉嚨一陣抽緊，反正我也只能無聲地歡呼，因為已經半夜十二點二十二分了，所有人都好夢正酣呢。心底微微湧出陣陣喜悅，雖然無聲卻同樣醉人，她贏得的不僅僅是一個獎、一尊獎座、幾場演講和鎂光燈聚焦，而是八年來不屈不撓的努力終於獲得肯定，想到這裡，我的心跳加快。多麼光榮的一刻，我心裡想，又傳遞了多少的希望啊，「二〇一八亞裔傑出女性」，多麼了不起的成就！

十九年來，AWA獎勵了許多遷居英國，挺身控訴各種違反人道暴行的女性受害者。今天，二〇一八年的五月十日，智賢獲得了「評審團主席獎」，回報她啟發未來世代的努力，成為他們追隨的楷模，以及她立志改變世界的樂觀積極態度。

幾天後，我跟智賢約在希斯洛機場碰頭，她以貴賓身分受邀出席在日內瓦舉行的人權大會，我陪同她前往。倫敦很少碰到暴風雨侵襲，但今天，整個機場處於警戒狀態。飛機航班時刻得再等一小時後才會公布。我望著天空。我有大把時間可以慢慢彙整AWA頒獎典禮的相關「簡報」，太好了。

候機室裡沒有人認識我們，我們只不過是數千名等待登機旅客當中的兩個，這樣的環境奇異地反而讓人感到安心，讓人卸下心防。

智賢跟我說她在AWA頒獎典禮上，思緒變得清晰無比，她終於明白這些年來，為什麼自己會被推著朝向一個格局更大的目標奮鬥，不再只侷限於一己。她大可滿足於她在曼徹斯特的小康生活，默默地撫養三個小孩長大。可是她沒有。她大聲地說出來了：「現在，其他的難民也應該跳出來。我真心希望我能給他們帶來希望。」她感觸良多地對我說。這句話在我心底泛起漣漪。每當一件政治的真相就這樣被突然掀開時，我身為韓國人的認同感就會被喚醒。而我，我不正是那些默默撫養小孩長大，滿足於小康生活的一群嗎？除了傾聽，我又做了什麼？

我在聽妳說，智賢。傾聽並不僅止於聽人說話而已，旨在抓住話中隱含的訊息。是專注。是解析真相。當我不傾聽的時候，我在做什麼呢？我記錄下妳說的話。在我的筆下，妳慢慢綻放，蛻變，再度成為那個充滿活力的小女孩，活潑好動，愛說話，生命充滿喜悅，那個過去長期飽受壓抑煎熬的小女孩不見了。現在輪到我歡喜成長了，在妳的面前，在妳的驚人成就面前，我不再隱藏自己對人生的怡然喜樂。妳知道的，我在多種語言的環境下成長，包含了韓語、英語和西班牙語，但法語才是「我的」語言，我書寫的語言，能將我們的對談轉化為精采演出的語言，也是奇妙地能展現出我們的韓國魂，並且能讓我們以自己的方式創造出不同自我的語言。我很感謝妳願意讓我用這個語言記錄下一切。

「八年前妳剛踏上英國土地時，一句英文都不會講……也不見任何人。現在，妳瞧瞧妳！」我滿心佩服地說。

接著我想到了她跟我提過的那段孤獨閉鎖期。她人確實安全抵達了曼徹斯特，遠離了北韓和中國，只是她非但不覺得安心，反而覺得痛苦，不論是白天或黑夜，只要想起被她拋下的雙親、弟弟和姊姊，就絕望得痛徹心腑。

她是怎麼走出來的？

四年——這個問題掛在我嘴邊已經四年了，但我不敢問。不願惹她不快，不想讓她感到尷尬，想把重點放在她的感受上；不願打破我們之間，直到目前為止，一直維持著的微妙平衡關係，那是一種植基於女性互相扶持進而強化昇華的深刻友誼。好比說，我刻意不去談西方世界為協助身心受創的人所提供的療癒方法。我指的是「心理治療」，但我不知道該如何翻譯這個詞。我發現韓語裡沒有這個詞——當然，這是西方的概念！我不能在傷口尚未處理好之前就直接包紮了它。

「妳是怎麼走出來的？」終於我期期艾艾地開口了。

「英國政府願意提供協助。我不知道是指哪方面的協助，所以我拒絕了。我不相信這樣的事。我看不出來他們能怎麼幫我，他們完全不知道我經歷了什麼。」

「是啊，我能了解……」

「我足不出戶。我把所有的苦痛埋在心底，不跟任何人說。甚至連我的先生也一樣，雖然他也來自北韓，已經比其他任何人更能理解我的情況。」

「他無法理解妳會如此痛苦？」

「不是的，問題不在這裡。譬如說，妳要怎麼跟自己的先生說妳被性侵的事呢？」

大型玻璃落地窗的另一頭是停機坪和飛機，我們在這一頭望著灰濛濛的天空，大朵大朵眼看著就要爆開的烏雲，而我們面無表情，默不作聲。層層烏雲厚厚堆疊向外擴散，強勢淹沒僅餘的天空，彷彿在向我們下咒。我好希望機場快點放送廣播，將我們推出這魔障之外。

「妳知道，有很多東西我可以對妳說，因為妳是女人。」她對我說。

我望著她。

「好比妳知道在北韓，女孩月經來時，她們是怎麼處理的嗎？妳以為我可以跟一個男人說這些？」

「我知道那邊沒有衛生棉。」我囁嚅地說：「妳好像在哪一次的談話裡頭提到過。」

「我們用gajae墊。」

「gajae？『紗布』嗎？妳是指用來包紮傷口的那種鬆鬆薄薄的布料？」

聽到這個「無國界」的字眼，我掩飾不住臉上的驚訝表情。

「是的，我們只有那個。每次用完，女孩必須用手把它洗乾淨。有時候連肥皂都沒有。『衛生』棉，說得還真好聽！若在家裡，有時候還可以用熱水煮過消毒。我的母親不准我們晾在通風處，怕被男人看見丟臉。這些事都必須躲著男人私底下做。」

「女人過得真辛苦……」

我想到了南韓的女子，追求白皙細緻的皮膚，如今已成為全民運動，在她們眼裡，美顏比幫助弱勢鄰居更重要，想到這裡，一股罪惡感驀然逼來。如今的首爾已經成為整形外科的聖地，若以每平方公尺面積為單位計算，它是全世界化妝品販賣店最密集的城市，在這些「江南美女」的心目中，所謂的「五大乳霜」雄踞關注排行榜的首位：精華液、日霜、抗ＵＶ美白乳液、隔離霜，還有在真正化上彩妝之前一定要抹的ＢＢ霜。既然不想面對事實的真相，不如乾脆躲在這層層堆疊的乳霜底下吧。

「妳認為生為女性，必然就得承受更多的苦楚嗎？」一出口，我便察覺這個問題的荒謬，微感侷促。「例如，妳那可憐的嬸嬸，在醫院難產而死……在家裡生產會比較安全嗎？」

「噢，當然，安全多了！妳知道我姊姊是怎麼生孩子的嗎？醫院的人竟然叫她從床上跳下來，就像從高高的階梯上往下跳一樣，一次又一次……說是跳躍的力道能帶動胎兒往下！在醫院生產就是這樣子！」

「天啊……」

智賢，妳所經歷的一切太過荒謬。這反差如此巨大……我不知道我是該哭呢，還是該笑。但這一切卻是真真切切的事實。

「妳根本想像不到，世界上其他的人也絕對無法想像。在一個任何人都沒有權利抱怨的國家裡，人民過的日子是沒有人能想像的。」

無法想像，妳說得對，到我認識妳的那一天之前。妳知道兩年前在曼徹斯特，在妳家裡錄完國際特赦組織的節目之後，我心裡是怎麼想的嗎？我們倆不會再見面了。我接下這份工作，完全是為了幫朋友的忙。與妳的相遇只是偶然。那次訪談之後，妳娓娓道出的一切，痛苦的經歷、發自內心的告白，太沉重了……我無法『消化』，我想忘掉這一切，回到我在倫敦的日常，安心舒適的日子，只要處理好每天的小麻煩就行了。隨著時間流逝，我開始對自己的怯懦感到不齒。慢慢地，我學會如何與我自己的脆弱和平共處，將妳的故事和我的故事串連；慢慢地，我發覺衝破平庸的日常並不是不可能，我開始改變觀看生命的角度。妳挑起了我內心中某些應該是老早就設定好的東西。一個被壓抑放低的聲音，只等我肯傾耳細聽。

一個身穿黑色風衣的亞裔男子出現眼前，將我拉回現實。那名男子年約三十，遠遠地往我們這邊看。早在我們站在航班時刻表螢幕前搜尋資訊時，我就注意到混在人群中的他了。當時我並未覺得需要特別留心，但這一次，他的出現頗為可疑。我迅速地將視線轉回到智賢身上，以眼角餘光留意那人的動向，正準備繼續跟智賢聊時，她卻打斷了我：

「妳看，那個穿黑色風衣的男人。我注意到他從剛剛就一直盯著我們看。」

「哦？」我假裝什麼都沒發現。

原來妳也看出來了。妳目光如炬。別擔心，我明白事情的嚴重性，而且我一直非常小心提防。我不想告訴妳，但每次我跟妳在一起的時候，我總是不得不全面提高警覺。

「我們一定要非常小心。天有不測風雲。妳記得嗎？金正恩的哥哥在吉隆坡機場……瞬間就能完事，妳知道的。」

內心的焦慮升高，我調整坐姿，挺直腰桿。我有幾秒鐘的時間可以做出回應，但我不知道該說什麼。如果我向她坦承我很害怕，只會讓彼此陷入焦慮的深淵。我一定得說些什麼才行。所以我告訴她：

「這個可憐的傢伙，他有權利盯著我們看。妳知道在人群中碰到亞洲人的時候，彼此都會互相多瞄幾眼，心想：他是韓國人、日本人還是中國人呢？妳從來不會這麼想嗎？我總是會有這樣的疑問！他一定也是這樣啦，沒事！別擔心。」

我把我為了這次旅程準備的小餅乾遞到她面前，把她的肩膀轉回到我這邊，背對那個男人。智賢臉上總算再度出現笑顏。我一方面放心了，一方面仍憂心忡忡，然而我總算冷靜多了，繼續跟她閒聊：

「說到北韓女性的情況，我很納悶，好比說，有離婚這種事嗎？」

「當然沒有！除非妳的丈夫是反逆者，像我外公那樣，否則離婚是絕對不可能的事。我還記得，我那一區有一個太太，我原本以為她是寡婦，她獨力撫養兩名子女。有一天，她的丈夫回來了，原來他被判刑十年。這段期間，那女人曾試圖申請離婚，但沒有成功。只能被迫跟一個窩囊廢老公一起度過餘生。沒有其他選擇，妳能想像嗎！」

「所以根本不用問同性戀是否被允許嘍？」

「在來到英國之前，我連什麼叫同性戀都不知道！當我申請英國護照填寫申請表時，我還勾選了『同性婚姻』，因為我以為這是指『夫妻雙方皆屬同一民族』的意思！」

我驚訝得說不出話來……

隨即一陣爆笑，我們就像兩個剛剛學到一句髒話的小女孩，噗哧偷笑，停不下來。彷彿纖巧織就一張蛛網的蜘蛛，友誼的銀絲逐漸拉長，強韌緊密。笑，我心想，笑拉近穩固了我們的情誼。我的思緒再度飛向那個連笑都是裝出來的，皮笑卻肉不笑的陌生國度，那個人民被迫堆笑演出喜劇保命的地方。人民勒緊褲帶，卻依然假裝什麼都不缺；除了為偉大的領袖哭泣之外，禁止流淚。怪不得沒有發生革命；怪不得人民永遠不能揭竿起義。除了家庭親情之外——甚至連這個，他們也不放過，照樣摧殘。已沒有任何東西能讓人民心手相連，沒有任何東西能讓人民相互信任，相互扶持！光只有不幸並不足以團結人心，還是需要一點歡笑的！

智賢的眼神追隨天上的雲朵飛舞。臉上的神情是柔和放鬆的。我再度開口：

「——所以我們剛剛談到妳緊閉心扉不跟任何人說，包括妳的先生，任何人……」

「最後，我接受了一個叫「倫敦Panos」*的婦女團體邀請，向她們開講。」

「Panos？我從來沒聽說過。」

「那是一個公益組織，給受迫害的人一個發聲的管道。有一天，她們主動聯絡我，問我是否願意跟她們分享自身的經歷。那是我第一次說出來。跟女性對談的感覺很好，她們能懂我，我不是孤單一個人。那股來自團體的力量似乎幫助我走出了消極的無作為。況且，我也不認為兩個女人決心要寫這本書純粹都是偶然：我們不僅說共同的語言，有同樣的韓國文化認同，更重要的是我們都是女性。」

我陷入長考。

我們筆下的論述的確帶著父權體制底下成長教育的女性觀點，亦即儒家思想下的家庭倫理觀念。我們的整個童年、青少年時期都是受到這樣的思想洗禮、形塑。儘管百般不願，但這個

---

* 譯註：Panos Network，成立於一九八六年倫敦的非政府非營利組織，主旨在有效正確地傳遞資訊，公開探討多元和民主議題，現全球有六個分支，panos可能源自古希臘文phanos，是「火炬」的意思。

禮教系統在我身上已經完全內化，根深柢固。我們努力地想了解這些觀念是如何透過我們表現於外。例如，我知道，雖然傳統儒家思想男尊女卑，我們的父親仍然非常重視女兒的教育，無論是智賢的父親，抑或是我的父親。在一個強調孝道、念書、廉潔、憐憫和敬重他人等價值明確規範出來的人倫架構底下，他們仍把我們教導成堅強而有自信的女性。儒家思想的世界大同願景雖然稱不上十全十美，但，最起碼它讓我們對自己的根一直保持著堅定的認同。與其等待外界給我們送上解決方案，不如反求南北韓固有的同氣連根，進而尋求雙方和談的契機，豈不更好？

我接著說：

「妳知道，妳跟我說韓語的時候，透過妳選擇的詞彙，會傳遞出某種情感，超越了該詞彙的字面意義，流露出言語間的心照不宣；妳的聲音充滿了這種調性……我想這很可能就是我們文化中所謂的恨。一種靈魂深處的悲憤，承繼自我們雙方共通的國家認同，以及國家分裂的創傷。每當妳憶及的某件事讓妳一時無語停頓時，妳總在句子後面加上『真的！』或是『無語了！』

「那感覺好像……妳我兩人在對抗其餘的世界；我彷彿不是在倫敦，而是跟妳一起在韓國。彷彿我們用語言重新創造了我們的祖國，而非用疆域的概念。好像一個語言就足以印證我們的存在，共同的存在。正如日據時期（一九一〇到一九四五），韓文遭禁，韓國人的姓氏被迫改成日本姓氏，此舉輕輕鬆鬆地就讓我們失去了民族的認同！一部分人類的歷史於是被抹滅，被遺忘！」

「妳對恨的闡釋……完美地解釋了我為何如此堅持要一個韓國女性來寫這本書的原因：就是為了表達出這種難以言傳的、複雜的『弦外之音』！」

每句話，只要我起了頭，妳就能接續結尾。若妳不贊同我時，妳也會禮貌地等我說完我的立論，然後以充滿善意、大方公允的口吻對我說：「妳沒能理解這一點，這其實很正常，因為妳沒有在北韓生活的經驗，而我也不能算是南韓人，我們只能說是兩個韓國人。只是兩個韓國女子。但因著國家分裂而有著相同的悲憤，光這點就能將我們凝聚在一起。」

「歸根結柢，」我不無困惑地說：「我們既沒有親身經歷過一九一〇到一九四五年間的日據時代，也沒有參與一九五〇到一九五三年的韓戰，可是為什麼我們仍深深籠罩在這股受壓迫的文化氛圍中呢？」

「只要事情沒有結束，」智賢垂下雙眼，彷彿想到了某段痛苦往事：「你就永遠沒有辦法好好地哀悼它。我想到我病危的父親，我被迫拋下他逃亡。這種遺憾一旦萌生，它就會永遠待在那裡。我始終沒能哀弔我的父親。對我的祖國，我也有同樣的心情。這件事——國家分裂——一直還持續著，我們因此也無法好好哀悼，這就是我們會如此痛苦的原因。」

智賢抬起頭望著我。她道盡了一切。小至個人，大到家國，我們每一個人的肩上都壓著這無聲的重擔，一種或許只能意會、無法言傳的東西，深深烙印在數個世代的人民心頭：**恨**，這歷史和情感的殘酷現實，難以負荷。

「前往日內瓦的旅客，請至十五號登機門登機。」

機場廣播未能吸引我全部的注意力。我環視四周，極目搜尋黑色風衣男子的身影。他消失不見了。看來我假裝不在意的做法，的確是做對了。他若不是要跟我們搭同一班飛機，那他來這裡幹什麼？我們可能永遠無法得知個中原由。無所謂了，我樂於讓恨溢滿全身，彷彿剛剛那番談話給了這個情感一個很好的理由，允許它更深一層地挺進我的內心，為我帶來新的能量。它在我的身體裡奔騰，我的雙腳則帶領我前往登機門……是幾號登機門來著？

一第九章一

大饑荒

一九九六年的盛夏，
人行道開始出現倒地不起的孩子，
大家只能視而不見。

一九九〇年代絕對登得上我國歷史最悲慘的十年之列。沒有瓦斯燒廚房鍋爐供暖，夜裡油燈取代了電燈，往河邊取水的水桶取代了自來水。配給中心的物資供應開始出現短缺；自此，人民只能從黑市換取糧食。報紙把罪魁禍首指向旱澇為患所導致的農作歉收，卻對一九九一年的蘇聯解體一事隻字未提，而北韓在農業生產這方面是極度仰賴蘇聯的。於是開始了我國稱之為「Gonan Eui Haeng-goon」的「苦難的行軍」，往後的幾年，我們確切地體會到了苦難的真實規模；這是一段長達十年的無力與絕望。官方的說法是起自一九九四年，實際上早在一九九一年我們就已經真真切切地感受到了。

一九九一年，我父親心臟病發。他被迫留在家中休養，薪資因此中斷數月之久，家用自然得另做他想。幸好母親做的小買賣，生意相當興隆，一家人才免於流落街頭。由於缺電，火車停駛，媽媽必須跟一些小貨車司機打交道，才能將她的魚乾和魷魚乾載到茂山去賣。茂山是一個鄰近中國的邊境城市。她有著老到的生意頭腦，用酒、香菸或現金賄賂貨車司機，偷偷鑽進貨車後車斗，平常用來堆放載運貨物而非乘客的地方。

因此常常一出門就是幾個星期之久。她到東北海岸採買曬乾的魚、魷魚和海參，然後運到茂山轉賣。回程則帶回電氣設備、鞋子和衣服，擺在我們家附近水南區和班竹地方的市場攤上賣。一天，她回家時甚至帶了一台收音機回來。這在當時是非常稀罕的，有了它，我們可以收聽歌頌金日成的歌曲。當時只有一家廣播電台，但能夠聽到音樂這已經是莫大的享受了。我還記得普天堡交響樂團*演奏的一首曲目，是為了慶祝一九三七年六月四日我軍大敗日軍而譜的曲子。我最喜歡的樂團是王在山交響樂團。一九三三年穩城的王在山戰役結束後，為了彰顯金日成召集大會，為被殖民的朝鮮抗日活動注入新動能而成立。我父親對母親的商業行為非常不以為然，但他不得不承認，多虧了她，我們才能穿上中國製的漂亮衣服，我們才有玉米和馬鈴薯填飽肚子。

一九九一年，我的弟弟正鎬已經是儀表堂堂的十五歲少年了。平常穿著一件附有可拆式白色衣領的黑外套，他非常愛惜這件外套，每天晚上都自己親手刷洗，還有一雙同樣是中國製的白色球鞋。他身材高瘦，氣質優雅，對自己的外表也非常重視。我還記得他甚至會踩母親的縫紉機補綴鈕釦。正鎬不僅外型出色，也非常用功，足球更是踢得一把罩。他還當上了本地足球聯盟隊的隊長，這個虎虎生風熱情洋溢的運動員，未來前景必然是無可限量。他經常帶他的好

---

* 譯註：一九八五年奉金日成指示所組建的樂團，以演出革命歌曲和傳統民謠聞名。

友朴成鎮到家裡來，我們一起度過非常愉快的時刻。同班同學中，當然也有不是那麼有志向，放任自己隨波逐流，抽菸，甚至吸食大麻的人。他們完全無視可能在批判大會上遭人舉發受懲的風險。清津的馬路邊上就長著大麻，我們根本不知道這種植物的莖和葉可以製成毒品，還認真地撿拾掉落地面的種子交給政府，就像八〇年代大家養蠶送繭一樣。這些青少年根本不知道他們吸食的是毒品。他們以為大麻只是另一種菸罷了。

一九九一年九月，我開始在清津北部的慶高里洞中學教數學，雖然全國籠罩在晦暗的低氣壓之中，我卻很喜歡我的工作。多虧了母親，我才能得到這個職位，她又一次熟練地運用賄賂機制，往清津大學畢業生分發部門的負責主管奉上中國香菸、魚乾和魷魚乾。也多虧了她，我才逃過下田當農婦的命運，因為這才是「農業和氣象學」專科畢業後理所當然的出路，對此我非常感激她。

每天早上七點，迎面映入眼簾的是學校大門口上懸掛的口號：

「教育萬歲，教育萬歲，教育萬萬歲！」

十二歲時，我也是懷抱著同樣感動和興奮的心情，踏進南清津中學的大門，想著跟新老師相見歡。十一年過去了，一九九一年，二十三歲的我，成為老師了。

我的班上有四十多名十二歲的學生，未來的六年，我都是這個班的班導，也就是說，我會一路帶著他們完成中學學業。其中我最得意的門生叫朴宥美。她的成績雖然稱不上優異，但臉上始終掛著笑，做功課也從不馬虎。我經常遇見她，因為她跟我住在同一個區裡。有一次我們路上相遇一起同行，她跟我說她家裡有四個姊妹，她是老么，她的父親呼應國家的徵召，志願前往利比亞工作，這樣才能養活家裡的五口人。

我的時薪介於十到二十韓圜之間（以今日的匯率計算，還不到一分歐元），拿的是現金。薪水不高，但符合新進教師的一般薪資水準，我自我安慰，期許自己只要努力拚升級，就能加薪。我通常會在學校待到晚上八、九點，先準備明天的課，然後再利用剩餘的時間複習我準備要參加的考試科目，要通過考試才能晉級。我還以為大學畢業就可以擺脫一切的測驗和檢定了呢……教師的圈子其實非常政治化，而且階級分明，如果不想慘遭滅頂，最好盡快搞清楚這個系統！

＊＊＊

在慶高里洞中學任職剛滿一年，我就發現班上的學生有了變化：因為總是餓著肚子來上課，他們臉上的笑容不見了。一個個垂著頭挨著桌面，連寫字的力氣都快沒了，更別說集中注意力聽課了。我覺得自己白費心力又沒用。想當年我在他們這個年紀的時候，坐在講台下頭的我，對未來充滿著希望與信心，一心只想讓老師高興，為國家增光！

一九九二年二月的某一天，我們的樓長恩珠媽媽，在公寓大樓的入口貼了一張海報。

「這是金日成為兒子金正日五十二歲生日所寫的詩。」一天晚上，我下班回來遇見她，她對我說：「要好好背熟。」

迫於她身為樓長的職務，恩珠媽媽必須裝出嚴厲的表情，但事實上，她是位溫柔可親的大嬸。她帶著兩個孩子住在二樓。一九九〇年我們搬進這棟新建築，「清津港公寓」，她尤其熱烈地歡迎我們加入。

「噢？」我無精打采地回應，因為我已經累了一整天。

「是啊！大家都要好好地背熟，沒有例外！」

我當時餓得要命，累得精神恍惚，而且剛剛在街上被密密麻麻都是乞丐乞討的景象嚇了一跳，情緒才稍稍平復，如今竟要我們背誦這首描寫「兩種人生」的詩：「俗世」人生和「政治」人生，皮相會隨著時間消磨殆盡，政治靈魂卻能永續流傳……詩句片段在腦中迴旋，班上學生的蒼白臉孔飛快地飄過眼前，彷彿一陣狂風掀起堆積了二十載的灰塵，我看見自己飄飄然滑進另一個我的皮相裡，霎時我如醍醐灌頂。

要滋養「政治」靈魂才能得救……那我們的口腹呢？誰來管？沒有任何「政治」食糧能讓我活命，世上沒有任何東西能夠抵得上一碗飯，就算是金日成寫的詩也一樣！

＊＊＊

一九九三年，我二十五歲，公家食物配給完全中斷。「明天再來！今天沒有糧食送來！」我和母親在配給中心外遲遲不肯離開。我們不敢出聲抱怨，始終不帶任何怨恨地，隔天，再隔天，天天來這裡報到，但迎接我們的還是同樣空空如也的配給中心。

「不知道是只有我們這一區這樣，還是到處都像這樣。」一天，一位同在配給中心等待的大媽說：「我不懂，為什麼都沒有糧食送過來呢？」

「我跟妳一樣毫無頭緒！」櫃檯後頭的員工說：「聽說是南韓送給我們的肥料裡有毒，所以稻穀都被毒死了！」

這個可憐的人只是轉述他聽來的傳言罷了。所以受影響的不僅只有我們這一區而已。我其實已經有些懷疑了：食物短缺是全國性的。政府開始宣導「一日三餐變兩餐」的運動，還舉最高領導金日成在一九四五年抗日戰爭時的做法為範例：「我們必須親身體驗飢餓！」他大聲宣布。更過分的是，他還毫不遮掩地把人民嘴邊的飯拿走，轉而供給保家衛國的軍人；供應軍隊所需顯然是我們全民的義務！

班上學生吃不飽，個個骨瘦如柴，朴宥美衰弱的情況遠遠超過其他人，最為顯著。她才剛滿十三歲。成績開始下滑。四月的某一天，她沒來上課。一般而言，學生缺席的原因不外乎兩種：若不是他們餓極了只好到街上四下尋找東西填肚子，不然就是他們已經長久未進食，根本沒有力氣步行到學校。我決定放學後去看看宥美。當我踏進她家門時，面色唰地慘白，只能乾巴巴地呆望著那一家人，就像畫面猛然出現，一時語塞說不出話來的樣子。宥美躺在地板鋪著的蓆子上，雙眼緊閉，腹部隆起像是身懷六甲的孕婦。她累極了，已失去了求生意志。她一動也不動地躺著。我第一次看見一個小孩子肚子鼓脹如球，我沒有立刻反應過來，原來那就是死亡逼近的徵兆。她父親用他在利比亞賺來的錢買了一些藥，但已經來不及了。三天後，宥美永遠離開了我們。

朴宥美隔壁坐的是李承哲，他也是我很喜愛的學生。這個小男生立志成為醫生，他想照顧在街頭攢動的營養不良孩童。失去了隔壁座位的同窗，他很難過。此時班上點名簿勾選出席的學生人數已經不到二十五個，兩年前我開始教課的時候，我們這班有四十多名學生！

＊＊＊

同年五月的某一天，母親出門回來，從包包裡拿出一顆大蘋果。「這是要給妳姊姊的。」她對我說：「她懷孕了，需要吃東西！」過去六年來，姊姊一直在羅南的紡織廠工作，今年剛滿二十九歲。父親很早就放棄了拆散她和相哲的希望，而姊姊懷孕正好給了他一個下台階，盡快訂下結婚的日子。婚期訂在一九九三年的七月二十日。不管怎樣，姊姊非常快樂，我也為她感到高興。

一個完全出乎意料的訪客突然出現，為這場婚禮帶來意外的驚喜：那就是我的外婆！母親五歲時拋棄了她的外婆來了，現身賓客當中。她的名字叫韓宋佳，這是我第一次見到她。

「妳是怎麼找到她的？」我低聲問母親。

「我很小的時候就跟她失去聯絡了，但透過一些舊識的協助，我在金策找到了她。我決定邀請她過來，因為我想讓她看看，沒有她的幫忙，我還是成功地走到了現在。我想讓她看看我一手建立起來的家庭，還有我是多麼驕傲，妳明白嗎？」

「媽媽……」

「我一直無法原諒她拋下我，所以我用我做得到的方式來報復她。就是這樣。妳知道她有另一個家了，除了我之外，之後又生下了四個孩子？」

我不知道該說些什麼，無論是在那當下面對我母親，抑或是第二天上前介紹自己拜見外婆時。看著這對母女以如此天意弄人的方式重逢又離別，我的內心只有無盡的哀戚。她們母女再次相見的那一刻，兩張年邁的臉龐滿是淚水。兩天後，外婆離開了我們家；那是我們第一次看見外婆，也是最後一次。

＊＊＊

為自己的女兒辦一場風風光光的婚禮是所有朝鮮母親的夢想。就算再貧窮窘迫，都得想盡辦法東湊西省地擠出來。我們的母親，她呢，用自己做生意攢下的錢，順利地在隔壁社區買下一戶公寓：送給姊姊當嫁妝。一般儒家傳統的婚姻，習慣上是女方嫁入夫家，成為夫家的一員，但以他們這對新人的情況來說，相哲的家實在太窮了，所以變成他「入贅」女方家；對一個男人來說，這並不是光彩的事，但他也沒有辦法。

一九九三年也是離別的一年，姊姊才剛搬家，弟弟隨即也要走了。他受召到第九軍團報到。他本來希望能到平壤接受訓練成為飛官，但母親的家庭出身詛咒並沒有放過他，十七歲的他最後被分發到距離清津十分遙遠的一個單位。這都是國家精心盤算好的：新兵調派遠離家鄉，與家人分隔，距離拉得愈遠愈好，目的是摧毀家庭倫理親情。

家裡因為弟弟即將遠行而離情依依的同時，這一年母親被控進行非法商業活動而遭到市警局逮捕。一九九三年八月的某個午後，時值盛暑，家裡只有我和母親兩個人，這時有人按了門鈴。門後兩個男人身穿便服，所以我完全沒想到他們是上門來逮人的。他們對我母親說：「麻煩您跟我們到警局走一趟，我們有些問題想請您釐清。」

罪名從一九七八年養豬開始，一直到販售魚乾、魷魚乾和中國香菸……品項琳瑯滿目。總共十五年的非法商業交易。韓國有句俗語說得好：「尾巴太長，總有一天會被捉到。」市警局的人把我母親帶到派出所，她沒有抵抗。我沒有特別擔心，因為那當下我以為是住在南部的叔叔即將來家裡探親，所以進行例行性的盤查。一直到父親返家，我把事情告訴他，看到他的反應不對勁時，我才明白事態嚴重：同棟大樓的人告發她從事非法商業買賣。我們無法想像她將面臨什麼樣的命運。

一九九三年八月八日我到警局探視母親，同時告訴她弟弟明天出門，那時候她腰疼得非常厲害，但她強忍著痛，堅持要送弟弟到火車站，她和警察交涉，終於獲准出去和自己的兒子道別。魚乾、魷魚乾如魔法般，再一次發揮了功效。父親先前再三提醒我們絕對不能在正鎬面前哭，所以我們全家人都擠出了大大的笑臉。只是這笑臉的背後隱藏的卻是無比的傷痛，因為我們知道兵役期長達十年，退役之前，相見的機會渺茫。一回到家，母親立刻被等在家門口的警察帶走。出乎大家意料的是，她只被拘留了幾天而已。媽媽確實是個談判高手，她又一次靈活運用了她的中國香菸，換回了自由，而且幾乎沒有洩漏任何一點買賣夥伴的相關資料。她的商譽就是這樣建立起來的，絕對不扯出任何人。

＊＊＊

一九九四年二月五日，姊姊生下女兒秀晶。雖然時局艱困，這個孩子依舊得到滿滿的關愛。她就像是沙漠中的綠洲，為大家帶來清新活水。姊姊負責找食物餵飽她，母親幫姊姊打掃家裡，我幫忙清洗尿布，父親則三不五時來逗她玩。她是希望之所繫，她是生命的具象。

父親自一九九一年心臟病發作之後，幾乎失去了活著的樂趣，但自從有了秀晶，他的臉上再次出現生命的光輝。我知道他一直盼著有小孫子，雖然姊姊生的不是男孩，他有些失望，但他很快就被小孫女的魅力征服了，變得非常黏她，彷彿有了這個小孫女的陪伴，他才能重拾人生的興味。

在學校，我是老師，跟秀晶在一起時，我常扮演媽媽的角色。我們倆連外貌都非常相像，每當我帶她外出散步時，常有人誤以為她是我的女兒。聽到這話，我感到非常驕傲，我心裡想，總有一天我也會為人母，等到孩子四歲時，我就會教他背乘法表，就像他的媽媽在那個年紀時一樣，還有和他的舅舅正鎬、阿姨明實、表姊秀晶一樣。

春天是「郊遊」的季節，我帶著學生前往半島北端的穩城下鄉勞動。勞動的性質跟十五年前我學生時代一模一樣。這地區位處邊疆，與中國和俄羅斯相鄰，比我們所居住的清津市郊還要貧困，我得走遍整座村子才能勉強收集到足夠的食糧供學生晚上吃一餐。我們這些老師可以吃得少一點，因為我們白天只要坐著討論《金日成回憶錄：與世紀同行》一書就行了。但學生不行，他們從事嚴苛的體力勞動，他們需要熱量……

一九九四年七月八日，那天天氣熱得讓人受不了，約莫十一點半的時候，我人在學校，課上到一半，震耳欲聾的警報響徹雲霄。短短五分鐘，全校師生在禮堂迅速集合完畢，禮堂正中央擺著校長的電視機。我當時心想難道企盼已久的兩韓統一實現了嗎？因為當時南韓總統金泳三剛剛結束北韓的正式訪問行程。中午十二點整，主播李春姬身著傳統黑色韓服現身電視螢光幕，語帶哭腔地宣布：

「我們偉大的領袖金日成已於今日清晨兩點逝世……」

我的雙腳不由自主地顫抖。

什麼？這怎麼可能？我該做什麼呢？啊，對了，現在一定要哭。對，要哭。這是唯一能夠公開流淚的時候。所以，盡可能地放聲大哭吧。想想你有多餓，有多苦，想想你疲憊的身軀，你日思夜想的弟弟，還有朴宥美、李承哲，每一個來不及長大的孩子，任情緒潰堤，放聲大哭吧。你流下的眼淚證明了我們是人，至少你，你是發自內心地哭泣。你知道自己是有感而發，讓大家看看你的眼淚。讓他們以為你是為了偉大的領導，為了他而哭泣，但實際上，你是為自己而哭，為自己的悲哀而哭；大家都會以為你是黨的忠誠信徒。

墳墓般的靜默籠罩在此集合的三千多名師生。

突然，校長彷彿回過神來，以一種近似機械化的瘋狂節奏，開始放聲啜泣，恍如一尊被調到「悲傷」模式的機器人。我的雙眼逐漸潤濕。我一定要哭出來，所以我哭了。禮堂瞬間充滿了哀號和悲嘆：「我們偉大的領袖啊！我們至高的領導啊！」這些孩子們，就算有些父母還被囚禁在政治犯集中營裡，有些根本沒有東西吃，臉上依舊無一例外地流出豆大淚珠。那是出於求生的本能，或是出於集體的歇斯底里，總之這景象持續了一個小時之久。終於等到校長擦乾眼淚，抬頭宣布當天停課，然後要求全體師生一同前往羅南公園，在金日成銅像前哀悼致意。

步行兩小時，我們終於抵達羅南公園。當地已經有大批民眾聚集。烈日當頭，孩子們開始不支昏倒。

官方明訂的兩週喪期裡，全市彷彿死了一般：街上不見公車，火車上不見旅客。公寓裡的大媽每天到羅南的銅像前哀弔，並在正午時分默哀三分鐘。我在學校也帶著學生依樣行禮如儀。出殯儀典訂在同月的十七日於平壤舉行。他的兒子金正日，時年五十二歲，接任成為新的領導人。這是一個君主統治的結束，也是另一個的開始，另一個比前期更慘絕人寰的專制暴政的開始。

＊＊＊

早在金日成去世之前，糧食已經出現短缺，到了一九九五年，我二十七歲時，政府發不出薪水了，所以我決定把我僅存的少許食物配給券送給軍隊：這是我僅能為弟弟做的了。

姊姊生下秀晶之後便辭去工作，專心照顧小孩，當然還是得完成她身為大媽在自家社區公寓該分擔的清潔工作。她很喜歡她之前的工作，但她知道女人一旦生了小孩之後，遲早會被辭退，所以她乾脆先辭職。只是，光靠她先生的微薄收入，養小孩真的非常辛苦。

大多數的工廠因為缺乏原料和電力供應而停產，包含我父親工作的那一間，於是許多人甘冒摧毀社會主義的大不諱，挺著被槍斃的風險，成群結隊地搶奪工廠裡所有可以拆走的東西：鐵塊、梯子，甚至電線，精確地說是被包覆在絕緣體內的銅線，這東西在中國可以賣得好價錢。飢餓召喚出人性的醜陋面，將正直的好人變成罪犯。他們連埋在社區公寓對面地底的泡菜罈子都偷，那是大家公認最神聖不可侵犯的地方。

人們喝的河水遭到工廠廢棄物的汙染，汙水引發腹瀉，只有在黑市要價兩三百韓圜的藥才治得好；想想當時一公斤白米的價格是一百五十韓圜，就知道藥有多貴。

兩百韓圜也是一間公寓的價格，人們賤售房屋換取一、兩公斤的白米或玉米。房子賣掉之後，全家人只得流落街頭，苦苦熬到生命的盡頭。四、五歲的孩童在市場賣餅乾。稍微大一點的四處遊蕩，變成街頭野孩子。大人偷盜。剩下來的人則坐等體力耗盡走向死亡。社會混亂至極。一旦病倒，就再也站不起來了。

一年後，也就是一九九六年的五月，張太太的兒子，也是我的學生光哲，上氣不接下氣地跑到我的辦公室找我：

「老師，鎮他們家……」

「我知道了，先緩緩氣，光哲，謝謝你跑來通知我。現在回去坐下。我下午上完課就去看他們。」

他話沒說完，我也不追問，但我們都心照不宣。鎮是他最好的朋友，所以他嚇壞了。

「是……」他一臉窘迫地回答，然後乖乖地回到自己的座位。

我隱懷不安，跟著光哲爬上五樓。那是戶只有一間臥室的公寓，格局跟我們在羅南的第一間公寓一模一樣。屋內四壁蕭然。鎮一家人已經變賣了所有，換取白米和玉米保命了。他們全家躺在臥房的地板上，一個挨著一個蜷曲著身子，四周是凌亂的空碗。他們陷入沉沉的昏睡，永遠醒不來了。樓長告訴我，他們在街上晃了七天，什麼吃的都沒找到，於是全家一起用完最後一頓飯後，便一起躺下等待死神上門。餓死當然不好受，但能夠全家死在一起卻是一種幸運。

那地上躺著的有可能是我們一家……我不希望正鎬放假回來看到的是這樣的一幅景象。我不想死。不想一個人孤單死去，也不想全家一起死。

就在同一年，有一天我陪母親到水南市場，她買了一塊米糕給我，這讓我喜出望外。在這樣的時局下，一塊米糕，真是想也想不到啊！正當我張嘴要咬下去的當兒，一個小傢伙不知從哪裡蹦出來，一把從我手中搶過去，隨即逃逸無蹤。在旁邊全程目睹的攤商笑著對我說：

「妳看！我不是叫妳偷偷藏起來吃嗎？太不小心了，妳！」

他不是唯一耐不住飢餓變成小偷的孩子。同一天，在回家的路上，我甚至認出沿街一攤一攤乞討的孩子當中有幾個是我的學生。說實話，看到他們還活在人世，我都有點驚訝。他們已經一整年沒來學校上課了。他們步履蹣跚地在街上搜尋食物；他們鑽進火車車廂，等火車過隧道的時候成群衝出來，搶奪工人背包裡吃剩的食物殘渣。這群孩子還有一個特別的名稱，叫做「候鳥」。這群雛鳥已經無法安穩地待在鳥巢裡，等母親銜回蟲子放進他們嘴裡了，求生本能的逼迫下，他們搖身一變成為掠食者。

看著這群衣衫襤褸的孩子，身穿母親從中國買回來的合身海藍色套裝的我感到不知所措。當其中一個小孩突然伸出手往臭水溝裡撈飯粒時，我只能猛然別過頭。這景象，我再也看不下去了。我覺得噁心，又羞恥。為他們感到羞恥，也為自己感到羞恥。我是他們的老師，我利用了職位的影響力，宣揚謊言和神話，讓他們相信金氏家族一直在保護他們。我知道我欺騙了他們。騙子……我就是個大騙子。這番覺悟令我窒息，難以承受，但如果我想繼續活下去，就必須接受這個事實。

第二天，早上的課結束時，承哲過來找我：

「老師，今天下午我可以提早放學嗎？」

「你知這是不可以的，除非生病，沒有人有權利不上課。」

其實我非常清楚他想提早走的原因，我知道他想去水南市場加入那群流浪孩童的行列。我應該讓他走的，但我不僅僅是個騙子，我還是個懦弱的自私鬼，從今以後我不想再掙扎了，決心只管自家門前雪。我無法再允許班上有更多的人缺席，因為這會在每週的集會上招致批評。我只能對著一個空空的幽靈班級繼續上課，裝作什麼都沒發生……我絕對不能丟掉工作，就算領不到薪水也不行。承哲再也沒回到課堂上。

我的朋友惠英的情況也很糟。他們賣掉了家裡的電視機和她父親從俄羅斯帶回來的縫紉機。變賣完僅剩的幾樣有價值的物品，勉強讓他們一家度過了冬天。

一九九六年的盛夏，人行道開始出現倒地不起的孩子，大家只能視而不見。任由屍體腐臭，市場上公開槍決偷竊食物而被定罪的犯人，士兵舉槍威嚇老百姓以確保自身安全，這一切都已經變成羅南日常景觀的一部分了。

有一天我經過市場時，看到一個小男孩挨著牆壁，蜷曲著身子一動也不動。我加快步伐，使勁穿過逆來順受視若無睹的往來行人。他的臉上滿是油汙，衣服沾染爛泥，還有糾結的長髮。不，不是他，不可能……不會的！我眼裡滿是驚恐，雙手掩住嘴巴，屏住呼吸：那是我的學生李承哲。那個立志要照顧街頭孤兒的小男孩。他當不成醫生了，因為他的生命在他十三歲那年，貼著那面牆，畫下了句點。直到現在，那光著腳的小男孩身影還一直在我的腦海裡，揮之不去。

— 第十章 —

我們一定要離開這個國家

自從開啟了「求生」模式之後，
我一直無法壓抑內心揮之不去的那股羞恥感。

死神很快地也找上了我們一家。他不可能單找別人家。

一九九六年八月，學期結束的暑假期間，我一個人在家，父親的大哥，大伯父的一個同事登門拜訪。她跟伯父一同在樂園洞的農場工作。

「我覺得妳的伯父生病了，而且病得很嚴重。他已經兩個禮拜沒來農場了。」

「不會吧……」

「我很擔心他，你們應該過去看看他，而且要快……」

話才說完，她立刻頭也不回地衝下樓，她是因為登門通報壞消息而感到尷尬。此時，腦袋裡轉著無數個不祥的念頭，我呆立門口，全身怕得發抖，我不停地看鐘，期盼父親能盡快從工廠回來。

「父親，剛剛有人來家裡，說大伯父情況不太好……」他一進門，我迫不及待地轉告。

他停在門邊，深深地嘆了一口氣。然後，表情嚴肅、五味雜陳地叫我煮一碗湯，說著又進一步指示：「要清淡的，容易消化的湯。」說完，他就出門了。他大步下樓的急促腳步明白地顯示出他內心的憂慮。從家裡到農場步行需要一個小時，他沒有時間可以浪費。

等我再度聽到他的腳步聲，已經是四個小時之後了。那時已是晚上十點。他背著大伯父一路走回家，他累壞了。他抬抬下巴指向房間的位置，因為他已經累得說不出話來。我連忙走在他前面，往地板鋪上棉被，然後讓他把大伯父放下來。大伯父是父親的哥哥，我們要叫他「大」伯，如今看著眼前的他，從來沒有覺得他這麼「弱小」過。他的肩膀不再結實，曾那麼驕傲炫耀的二頭肌也不見了。根本變了一個人。他瘦得只剩皮包骨。這怎麼可能呢，我的大伯父？

「肚子餓……餓。」他呻吟著，眼光渙散。

我無法理解在農場工作的人怎麼會找不到糧食吃。我真的搞不懂。他不是在種玉米嗎？夜裡潮濕悶熱，汗濕的衣服黏著皮膚，完全顯露了他骨瘦如柴的身形。

「你怎麼不早一點來找我們？你為什麼不找人幫忙？為什麼？」父親悲憤地問。

「我好餓……」

父親端起我煮好的湯，舀一匙到他嘴邊。接著餵第二匙……不到五分鐘，一碗湯就喝光了。

「湯……還要湯。」大伯父死盯著空了的湯碗，喃喃地說。

大伯父哀求的口吻聽了讓人心碎，我走進廚房想為他再盛一碗，父親叫住我。

「不行！千萬不要！一次讓他喝太多很危險。再等一等。先讓他睡一下，等到明天早上，再多給他一點。妳也該去睡了，妳應該累了。」

夜裡輾轉難眠。第二天，清晨五點半我就起來了，一顆心仍然揪著。父親已經守在他哥哥的身旁，眉頭深鎖，眼裡盡是悔恨和歉疚。之後，他強自振作，開口說：

「你現在好好休息。我得去工廠了，智賢會照顧你的。晚上見。」

一整天，我都在家看顧大伯父，拿濕毛巾擦拭他全身，舒緩長滿水疱的紅腫肌膚。我壓扁藏身在他衣服底下的臭蟲。中午餵他喝了一碗湯，晚上又餵一碗。那天晚上，父親還沒下班，他又昏昏睡著了。

隔天早上，正當我準備給父親弄早餐時，我發現放在爐上的湯鍋空了。我趕緊衝進房間，大伯父躺在地上不停地呻吟。我趕忙跑去告訴父親。

「父親，父親，快來。大伯父把廚房鍋裡的湯都喝光了。」我用力推開他的房門。

父親已經醒來，坐在床上。他知道這個意外很可能致命，他抿著雙唇，左右搖頭。隨即一把站起身，穿上日益寬鬆的長褲，然後走到安頓哥哥的隔壁房間。他在大伯父身旁坐下，雙手抱住他的頭，任由豆大的淚珠滴落他瘦削的面頰。

「日錄啊！」叫喚裡滿是懷念與愛憐。

他愛他，也敬他。他是母親託付予他照顧的遲緩兄弟。他的呼喚加了一個語尾助詞「啊」，日錄啊！而不單只是他的名字日錄兩個字，那是出於親情至愛的呼喚，彷彿在呼喊自己的孩子般。他憐愛地呼喊：「我的好哥哥，日錄啊……」

一連幾天，父親早上出門上班之前都會先過去跟大伯父說話，對他說自己是多麼地失敗，沒有盡到照顧他的責任，辜負了過世母親臨終前的交託。

接下來的幾天，我們對於伯父腹痛如絞的情況始終束手無策。終於在第六天，他顯得比較平靜了，但他拒絕進食，至此我明白他已經不想再做任何努力了。他實在太累了。他的胃排斥食物，食道緊縮，什麼都吞不下。他搜尋我們的眼睛，從我看到我父親，來回輪轉。他在父親的懷抱裡流下了一滴眼淚，然後嚥下最後一口氣，屋內一片死寂。

一張草蓆包裹了他的屍體，因為找不到木頭棺材。接著用牛車運到農圃山。我們的奶奶就是葬在這裡。路上遇人問起，我們就說他是出麻疹死的，孩提時期染上的舊疾復發，要了他的命。一個社會主義國家，人民怎麼可能會餓死……

這起事件之後，我們家出現了根本的變化。父親開始直言不諱地指責黨：「這些垃圾欺騙我們，掩蓋國家的情況！」

姊姊也同樣炮火猛烈，她必須跟同棟公寓的大媽分擔每週的清潔勞務，還要照顧餵飽她四歲大的小女兒秀晶，這樣的勞心勞力，卻連抱怨的權利都沒有?!

幾個星期後，輪到張太太離開我們了。這位親切的婦人，每當我們家裡有喜慶的時候，總會過來到廚房幫我母親的忙。如今她已經變賣了所有家當，家裡除了擺在屋子正中央的大電視機之外，整個空蕩蕩的。這台電視因為停止供電，所以基本上已經成了廢物，但因為這是政府的饋贈，所以不能拿去變賣。我們小時候常來這裡看電視播放的宣傳影片，那時候多快樂……

一九九六年秋天，張太太和她時年二十三歲的大女兒相繼因「病」離世。

＊＊＊

魚乾、魷魚乾的生意競爭愈來愈激烈，獲利變得難上加難。母親被迫放棄既有的買賣，轉戰其他商品。這次她把目標放在奢侈品上。有錢人喜歡的古董花瓶、絲綢屏風和真皮製品。中國有錢人很多。

她靠著長年累積的商譽獲得了三千韓圜的貸款，作為創業基金。這些錢來自所謂的「旅日韓僑」。指的是在一九一〇年到一九四五年的日本殖民期間，為了追求更好的生活而移居日本的韓國人。一九六〇年代，日本大力宣傳北韓為黃金國度，鼓勵這些韓僑回到北韓試試運氣。

那些回流的僑民在北韓的確過得相當不錯。他們穿著漂亮的衣服，說著帶有特殊口音的韓語，讓人一眼就能認出來。他們放款給窮苦人家，賺取高額的利息致富。我的母親以為之前一起買賣漁獲的生意夥伴能替她採買到她想要的奢侈品，但天不從人願，她虧掉了借來的所有資金，並且快速地債台高築。

連續一個月，催債的人每天上門兩次，母親只能躲躲藏藏地過日子。她早上一大早就出門，晚上很晚才回家，免得碰上那些討債的人。那些人一踏上走廊就開始大聲咒罵母親，搞得整棟樓的人都如驚弓之鳥。父親深受打擊，從此足不出戶。討債的人開始搬我們家裡的家具和廚房設備。屋子變得空蕩蕩，我的心也一樣空蕩蕩。

一九九七年四月十八日，母親離家前往半島的最東端，鄰近中國和俄羅斯的穩城。躲躲藏藏的日子她再也過不下去了，於是她說她有個遠房表妹住在中國。

「只有到了那裡，我才能打電話聯絡到她。」離家前她對我們說：「我敢說她一定能夠幫助我東山再起。」

「妳說的這個表妹是誰啊？」我擔心地問。

「一個我在一九八〇年代聯絡上的遠親。我不知道她在中國確切的地址，我得找一找。好好照顧妳父親，只要幾天，我一找到她就回來。」

她反覆交代我要好好照顧父親。她會回來嗎？

＊＊＊

「妳媽在哪兒？她人在哪兒？在哪裡……」

父親心臟病二度發作，從此臥病在床。神智不清的他，整天都在叫喚他的妻子。

「別擔心，再過幾個禮拜，她就回來了。」

我滿腔怒火。照顧父親的責任就這樣落在我的頭上，有誰問過我呀。家裡一毛錢，甚至連一張配給券都沒有，我得靠自己想辦法每天供應父親一餐。一九九七年四月三十日，我正式向學校提出辭呈，全天候在家照顧父親。這樣的決定讓我痛徹心腑，雖然近三年來，政府一直發不出薪水，但我喜愛這份工作，一想到要拋下學生，我的心好痛；而想到未來可能要上街乞討，更是心酸。

我跑到農圃山裡找吃的東西。樹根、植物、野菇、樹皮……任何能夠磨成粉，煮成湯粥的我都拿。例如竹芋的根，這種植物很罕見，但它的營養價值比其他所有植物的根都要高，也因此非常珍貴。只是必須先用水浸泡，去除裡面的毒素之後才能煮來吃。我們也吃松樹皮的內層組織。做法是先把樹皮煮軟，切成小塊後再放在盤子裡。我很熟悉土裡的活兒，特別是張太太以前曾經教我如何分辨草的好壞，所以我勉強還過得去。然而，自從開啟了「求生」模式之後，我一直無法壓抑內心揮之不去的那股羞恥感。我沿著鐵路邊緣搜尋青草，我在稻田裡剷挖，尋找殘餘稻禾。我是老師，我的父親一生都奉獻給工廠，我們家曾經是這附近少有的，有能力每天吃白米飯的家庭。如今落到只能靠青草和樹根維生，這教人如何接受！

我的大伯餓死了，我的父親病入膏肓，而我，活得像隻老鼠似的，鎮日挖土翻牆找吃的東西。

如同一台設定好後出廠的機器，無法自行「解除設定」一般，我聽見我對自己說：

這都是西方國家的錯！都是他們對我們實施制裁！我們是社會主義國家，不該有人餓死！

就這樣，飢餓把野狼逼出了山林：無論我再怎麼死命頑抗，洗腦的教育終究再度勝出，發揮了功效。對百姓來說，這是多麼強而有力的利器啊，為了保住自己的性命，總得抓住一些事情來合理化目前的淒慘命運。

一九九七年六月，就連山裡也找不到任何東西吃了。村民已經拔光了所有的東西。現在該怎麼辦？只能變賣木頭衣櫥內的東西了，那裡有父親一直珍藏的黨證、姊姊手抄的數學教本、父親的共黨黨員黑色制服、我教書時穿的那套湛藍色毛料套裝。

「父親，對不起，要害你傷心了，但我一定要賣掉你那套黨員制服。我知道它對你意義重大。真的很對不起，我想不出別的辦法了。」

父親驚慌地看著我取出東西。

「你不需要回答。我知道你能理解我的做法。」我邊動手邊說。

我把制服和套裝賣給第一個上前詢問的客人，得款二百二十韓圜，共換了一公斤的玉米粉和三顆蛋。這些夠我和父親過上一個月了。我對這樣的成績感到滿意又驕傲，但同時想到母親一輩子為了給全家人吃上一頓飯，她得忍受多少這樣的煎熬，不禁悲從中來。

一九九七年七月二十七日，學校的教師會議中證實了這次大饑荒的主因是西方國家對我國施行經濟制裁所致，國家被間諜滲透，經濟遭人操縱。據樓長說，修城河邊已經槍決了好幾百人。當時的農業部長徐寬熙遭指控被美國收買，當眾被人民扔石頭致死，他可說是「搜捕間諜行動」的首批受害者。事件擴散牽連之廣，後人稱之為「深化組大屠殺*」。

同年，父親心臟病三度發作。這次的復原情況很不好，因為我能帶給他的食物不足以讓他恢復體力。他臉色蒼白，開始抱怨肚子痛。

噢，不要……肚子不可以痛。撐住，父親，我在你身邊。要撐住。

---

* 譯註：深化組事件，一九九七年到二〇〇〇年間，發生在北韓的大規模肅清運動，由社會安全省成立深化組來執行。被冠上間諜罪名而被清洗的人高達兩萬五千人。由於牽連太廣，引發人民不滿，金正日在二〇〇〇年宣布終止清洗。

腦海再度浮現大伯在我們眼前斷氣的景象。點點滴滴，我記得一清二楚。肚子痛，不是好兆頭。我覺得好絕望。母親仍然沒有回來。

＊＊＊

父親的身體狀況絲毫沒有好轉，一九九七年十月，弟弟正鎬出乎意料地突然返家。進門時，他虛弱得連走到廁所的力氣都沒有了。我只得拿一只鐵製水桶到他身邊給他應急。

我們已經三年沒看見正鎬了。二十一歲的他，瘦瘦高高，簡直就是父親年輕時候的翻版。當他看見父親現在的樣子時，很努力地隱藏內心的震驚。

他聽我細訴。

他衡量自己的用詞。

他克制自己的情緒。

之後，他感謝我為父親所做的一切，但沒多做停留，隨即準備離開。

「我去我朋友昇基家過夜。」

「啊，好。明天你會回來嗎？」

「當然，當然，我明天早上回來。」

昇基家離我們家步行大約十分鐘。我能理解他想見見一起長大的老朋友，但想到他選擇跟朋友在一起，而沒選擇我們……心裡總是覺得受傷。但另一方面，我覺得他這麼做是對的，沒有人會想要待在這個亂七八糟的屋子裡，四壁蕭然的陋室。

就這樣，晚上他在朋友昇基家過夜，白天過來陪父親。他輕輕為父親按摩手臂、雙腿，溫柔地握著他的手。父親沒有辦法直視他的眼睛，因為他羞愧得無地自容。

一天下午，正鎬回來的三天後吧，兩名約莫三十歲的軍人按了家裡的門鈴。

「——我們要找朴正鎬。」他們操著平壤口音。

按照慣例，士兵放假都是整團一起放，所以我以為他們跟弟弟是同一團的同袍。

「他不在，他說他今天會住在朋友昇基家。」

關門的時候，我感覺背後有人盯著我。是父親，他驚恐的眼神定格在大門上。突然間我感到腹部一陣痙攣，全身劇烈發抖。我霎時明白了，正鎬是逃兵，而我剛剛洩漏了他的藏身之處。

更晚的時候，凌晨一點半左右，我們被敲門聲驚醒。姊姊和她的女兒秀晶那天晚上剛好跟我們在一起，每逢相哲夜裡出海捕魚，她們母女倆便習慣回來家裡過夜。是正鎬，他被下午來家裡的那兩名士兵架著，滿臉鮮血。這次兩人手上還拿著木棍，類似那種用來釘成窗框和門框的長方形木棒，長度超過一公尺。正鎬顯然已經被打得遍體鱗傷，連站都站不直了。

我一隻手抓住門，大叫：

「姊姊，快來！」

「智賢，怎麼了？」回答我的不是姊姊，反而是父親，聲音出奇地宏亮。

姊姊來到門口，強自鎮定地問道：

「你們為什麼這樣對待我們的弟弟？」

士兵根本懶得回答，一把推開我們，將正鎬拖進正廳。他們警告我們不准跟進去。我一陣噁心想吐，狂飆的戰慄爬滿全身。眼角瞥見父親慘無血色的臉。我們陷入了極度的恐懼。

隔壁傳來正鎬的低悶呻吟，我猜想他應該是強忍著不叫出聲，不想嚇壞了父親和秀晶，然而他卻無法讓木棒悄然揮下。

「——你以為你是誰啊？」一名士兵大喊：「你以為你能逃到哪兒去？狗娘養的！」

喧騰長達數個小時之久。偶爾可以聽到微弱的應答「我不知道」。秀晶被吵醒，哭了起來。姊姊力持鎮靜，將她攬入懷中安撫，直到她再度沉入夢鄉。我把走道讓給她們母女，自己走到廚房，不停地來回踱步。他們會殺了他的，我心裡想。

清晨五點，一名士兵走出來，示意我進去清理善後；我已做好心裡準備，準備迎接一具屍體。幸而，儘管屋內鮮血淋漓，正鎬仍保有一絲氣息，我放下心中大石。

＊＊＊

弟弟隨即被押送回平壤，判處死刑。罪名：逃兵。

「正鎬又逃走了。」

「天啊，說給我聽，說仔細點……」

他的朋友昇基沒辦法毫無顧忌地跑來找我們，因為整棟公寓到處都安插了眼線。三天後他終於在羅南市場找到機會，告訴了我這個消息。

正鎬在被押送返回平壤的火車上，趁著停電火車停駛的當兒跳車逃逸。他回到了羅南，這次他躲在昇基的奶奶家。

＊＊＊

債主四處尋找母親，政府四處搜捕弟弟。我們留在羅南的人，人身安全愈來愈受到威脅。有一天，姊夫相哲神情堅定，毅然地對我說：

「我們一定要離開這個國家。」

為了讓我能好好消化這番宣告帶來的震撼，這世上我唯一信任的人姊姊帶我走到一旁，私下對我說我們沒辦法再這樣過日子了。

「這是唯一能救正鎬的辦法。」她對我說。「如果正鎬被抓到，我們遲早也會被逮捕，妳很清楚情況會如何發展。」

「要逃去哪裡呢？」

「中國。」

「現階段我們先到鄰近邊界的穩城，等待時機偷渡到中國。你姊夫為了這趟旅程已經準備了好幾個月，他在中國和穩城之間來回探了好幾次路，而且也和母親聯繫上了。她在中國那邊等我們。我們假稱妳要嫁到那邊。昇基會帶話給正鎬，告訴他我們去了哪裡，他再過來跟我們會合。」

「我們哪來的錢做這些？」

「我們賣掉了結婚時媽媽送我們的絲綢棉被。」

「那……父親呢？」

無人作聲。長長的靜默，無人敢出聲打破。

一九九八年二月十八日，相哲、姊姊、秀晶還有我，離開了羅南。

第十一章

一封信

這一生的每一分鐘，
我都在絞盡腦汁地想辦法活下去……

父親：

我在你身邊放了一碗白米飯，和兩件乾淨的睡衣。叔叔會過來照顧你，所以你不要擔心。我鎖上門了，並把家裡的鑰匙放在公寓對門的泡菜罈子裡留給他。

姊姊、秀晶和我離開了。

我知道我和姊姊以及姊夫相哲討論離家的事時，你全都聽見了。你假裝重聽，但我很清楚你聽得明明白白。你昏昏沉沉時喃喃吐露的幾個字，我也聽得真真切切。你放心，我會照你的吩咐，把正鎬找回來，一輩子照顧他，直到我生命結束。我答應你。

你的身體在生死間掙扎，你很想結束這場惡夢，得到解脫，但你選擇活下來，不讓我們在離開之前還要承受你去世的良心不安。這番心意足見你有多為我們著想。父親，這世上我不知道還有誰有這樣的毅力，這樣犧牲奉獻的精神。

今晚好安靜，饑荒感覺好遙遠，彷彿在這樣密不透風的靜默底下，不可能有人餓死街頭。在這個家裡，只剩下金日成和金正日的照片，並排掛在牆上，跟他們的自傳，豎立在空無一物的架子上，以及你，躺在地板的蓆子上。

孤孤單單的，我一個人坐在你身邊。我望著你，懇求你的寬恕。我不知道你是否聽見了，我不知道你是否看見了。你的臉，雖然五官僵硬，臉色暗沉，卻美得連夜色都掩蓋不了它的光芒。我哭了，父親。

無論在家裡或在學校，打從一開始，我就知道要永遠保持鬥士般的眼神和笑容，但是今晚，三十年來的頭一次，我再也止不住淚水。絕望的淚水。我的父親，我愛你勝過世上所有，但我必須離你而去。

我手握拳放在你冰冷僵硬的掌心中。在我指尖的觸摸下，彷彿稍稍喚醒你的肌膚，但我感應得到你的傷痛，一種被拋棄的無助感，巨大卻說不出來。你微微張開的嘴不願閉合，空洞眼神掩蓋不了深深的憂懼，每次呼吸，喉頭便迸出嘶啞的一聲嘆息。

看到你這個樣子，我痛徹心腑，什麼忙都幫不上的無力感更讓我心如刀割。我還沒有時間感到害怕，但想到這些燒灼刺痛我的字眼最後竟然化成了訣別書一封，內心的煎熬和憂慮頓時癱瘓了我的心。

不知道從什麼時候開始，我不再仰望天空。我上一次抬頭望向天際，大概是我八歲的時候吧，當時你在跟我們講〈太陽與月亮的故事〉，那是發生在天地混沌，天上還沒有星辰的時候，太陽和月亮誕生的童話故事。在那如夢似魔的氣氛下，你和我一起下圍棋，玩將棋；姊姊和正鎬則在躲迷藏……我們幾乎忘了肚子餓這回事……

你記得嗎，停電的時候？我們大家坐在一根燭光照亮的房裡。我們彼此沒有說話，只要我們全家在一起，黑暗根本不可怕。為了節省蠟燭用量，我們很早就就寢，除非有作業要做。此時我們必須傾身挨著自製的油燈：一個空的罐頭，裡面裝滿油，再插入一根燈芯，點燃後權充的光源。隔天早晨，我們的上嘴唇都是黑的……然後互相指著對方噗哧一笑。多輕鬆的時刻，心照不宣的瘋狂大笑，這些回憶是支撐著我每一天，一天又一天，早上起床的唯一精神力量。

不，我不怕死，但我好懷念那段童年往事。我好想你。

我們人生中的那些甜蜜時光，為何會如此輕易地消散，被那些持續不斷、始終巴著我們破碎的心不肯走的痛苦日子壓在底下？

將近八年了，時間的重擔沉沉地壓住你羸弱的肩膀。八年來，你每天下班回家累得不成人形，但從來沒吃完你那碗飯；你假稱不餓，悄悄地把碗推給我們。

就連清津歌梅姬餐廳感謝你的辛勞，送你的小麵包，你也沒碰。你小心翼翼地用手帕包好，一回家就拿出來給我們。

去年冬天，外面溫度降到零下二十八度，那是我遭遇過最嚴酷的寒冬，我只好用大毛巾包著頭抵禦冷風吹襲，那天我到市場給你找了玉米果腹，但又一次地，你碗裡的東西，一點都沒碰。你對我說：「知道妳在外面奔波受凍，我怎麼吃得下？」

我深知讓你一蹶不振的不是沒東西吃。當媽媽離家時，我親眼目睹你眼眶閃著悲痛的淚光，還有正鎬全身是血地回家時，你眼裡驚恐的淚水。是這份憂苦讓你走向死亡。你手輕撫我的頭髮，對我說我既堅強又勇敢，不比男人差，說我讓你感到非常驕傲。我一輩子都深深感受到你對我的關愛，這一輩子，是你的關愛挺著我走過來的。

當我獲得教職時，你想喝一杯為我慶祝。買一瓶燒酒等於花三頓飯的錢，儘管如此，我還是給你帶了一瓶回來，外加一塊豆腐。你先喝了一口，然後再一口，一口一口慢慢啜飲，好像一口下肚，你的喉嚨就會不舒服一陣子似的。那天晚上，你的肚子肯定淚水氾濫。

隔天清晨六點，你已經在廚房。窗戶玻璃覆蓋白霧。「沒有什麼東西能做便當給妳帶去，不過，我煮了湯。拿去……」說著，遞來一碗湯。然後你交了一張皺巴巴的小紙片給我，是一張配給券。「好好照顧自己，尤其不能不吃飯。妳今天的午餐就用這個吧。」

我知道那張配給券是你留下來預備哪天沒有東西吃的時候用的。但我拒絕不了你的心意。

收到父母餽贈的喜悅……純粹而永恆的喜悅，那是只有孩子才有機會從愛你的偉大雙親那裡體會到的幸福。我很幸運是其中的一名幸運兒。我當下暗暗立誓，一定會永遠照顧你，永遠……只是，你知道的，我們做孩子的，永遠無法像做父母的那樣付出。我們生病發燒，多少個夜晚你們徹夜不眠，不停地更換鋪在我們額頭上的濕毛巾？多少次你們把一匙匙的飯往我們嘴裡送，其實你們自己也很餓？

後來有一天，你的哥哥在你懷裡斷了氣。幾個星期後，你再也不願起來，你開始害怕黎明的到來。所以你寧可終日躺著，一個人靜靜地對著屋內四壁蕭然。

我想盡了一切辦法：撿拾乾掉的樹皮、枯萎的植物和根莖、灰撲撲的昆蟲，和結凍的馬鈴薯。

今天，我已經走到極限了。

這一生的每一分鐘，我都在絞盡腦汁地想辦法活下去，想辦法養活你。我不敢告訴姊姊我上街乞討的事。我不敢開口請她給我一點麵條。我覺得好羞愧。你一直想不通為什麼你的哥哥，大伯寧可悄悄地死去，也不願開口向你求援……說真的，我想我也會這麼做。

天快亮了。「救救正鎬」，「救救正鎬」。這些話一直在我耳邊縈繞。

我知道你努力地呼吸，奮力地與死神戰鬥。你正在創造奇蹟，我看得非常清楚。求求你，當你聽到我們關上門的聲音時，繼續你的戰鬥，不要閉上眼睛太久；抵禦長眠地下的睡意，力抗悲傷加諸眼皮的重負，等我們回來。

我應承下你交託給我的任務，相對地，我希望你也能允諾我：好好照顧自己。萬一今日一別，從此天人永隔，你知道我將永遠無法原諒自己。

愛你的，女兒智賢

第十二章

從一個世界踏入另一個世界

當自己的身體不再屬於自己時、只剩靈魂能引領我們了。

除了中學在歷史課本上讀到的之外，我對中國人可說是一無所知。一九六〇年代文化大革命時期，很多中國人逃到北韓避難，從此，這個民族一直對我們相當友好與感激。我不害怕這個國家，更何況姊夫相哲說，那裡天天有肉有蛋吃。我只是怕穿越邊界的時候被逮。我告訴自己，放心，相哲來回過好幾趟了，經驗豐富。他是個可以信任的老手。

一九九八年二月十八日，點交了兩百韓圜外加兩包菸給司機之後，姊姊、相哲、秀晶還有我一行人鑽進一輛沒有車頂的貨車後車斗。裡面大概擠了三十到四十個人。

外甥女秀晶面無血色，動也不動地緊緊抓住她母親的手，童稚的直覺告訴她：不要亂動。漫長的靜默之後，貨車轟然發動，往崎嶇顛簸的山路邁進，乘客跟著左右搖晃。冷風抓颳我們沒有遮蔽的臉，姊姊的臉因為害怕和寒冷變得鐵青。

當天早上十一點，我們抵達古茂山，一個位在清津北部山區的城市。我們下車繳驗證件。

「你們要去哪裡？」一名警員盤問姊姊。

「我妹妹要嫁到穩城。」她面不改色地回答，同時拿出一床刺繡棉被給他看，這是她為了這場我們一家自導自演的假婚禮所預備的嫁妝。

他們的巧思叫我大開眼界。

警察相信了，也沒多問，隨即放行，我們大大鬆了口氣。這趟旅途漫長又艱辛，先得到會寧才能轉乘開往穩城的火車。山路蜿蜒曲折，漫漫路程彷彿走不到盡頭，直走了八個鐘頭才到會寧，人人又餓又累。

時值隆冬，那天夜裡下雪了。我們步行前往當晚過夜的地方，腳下的雪軟綿綿的。每一個轉角，都可看到衣衫襤褸的小孩子，臉頰瘦削凹陷，皮膚汙穢皸裂，頭髮打結黏著厚厚一層灰，儘管寒氣逼人，仍在街頭伸手要飯。這個景象依然時時迴盪腦海，無法抹去。

我們在姊夫相哲花了一百韓圜租下的房間過夜。

「希望小叔叔有去照看爸爸。」等我們安頓好，將寒夜隔絕於外時，我低聲對姊姊說。

秀晶瞪大眼睛，想要弄清楚怎麼回事，姊姊報以意味深長的沉默，用不著說話，此時疲憊的眼淚替她道盡了一切。

第二天，我們坐上開往穩城的火車。原本預計搭下午三點的火車出發，最後只有表訂下午五點的火車有開。兩班車的乘客全擠到一班列車上，座位遠遠不夠不說，連票也都賣光了。然而當火車汽笛鳴起的那一刻，群眾紛紛湧入月台。我們也急忙衝上去。車廂內人滿為患，我們已經打算要全程站到穩城了，這時奇蹟出現，我們發現一張木頭長椅上還有空位，我們一股腦兒地擠上前坐下，彼此黏成一團，又睏又累。窗戶玻璃破了，冷冽寒風掃進車廂，把我們的鼻子和耳朵都凍僵了。再加上未購票上車如果被抓，可能會被關進囚營兩、三天，所以我們都非常害怕，一直不敢睡保持清醒，怕得甚至忘了喊冷。

三個鐘頭後，終於抵達目的地。那時已經是晚上八點了，我們全員平安地完成了歷時四十八小時的第一階段旅程。

沿著圖們江一路延伸的平原，白雪覆蓋，後面則是皚皚白頭的連綿山脈。

我們在人蛇嚮導的公寓裡躲了兩天，等待時機過江。他是姊夫找的，一個二十來歲高高的年輕人。我不知道相哲是怎麼辦到，總之我非常感激他所安排的一切。

一條日本殖民時代建築的橋連接起穩城和中國。橋面很窄，總長度只有三十公尺上下，橋的一端有一小群韓國士兵管制通行，另一端則是中國駐警。要過江只有一個辦法：游泳橫渡，其實應該說是步行過江，因為江水已經結凍。另一條劃分中韓邊境的鴨綠江，河水湍急，深不見底。圖們江則迥然不同，尤其這一帶，非常幸運地，江面狹窄，水也不深。我們只要祈禱渡江那天，結凍的江水冰層夠厚、能夠承載得住我們的步履就好。

一九九八年二月二十一日，時機終於來了。剛過午夜，江邊兩岸一片深層墨黑。

「跟著我走，一定要緊緊跟著我。」相哲以四平八穩的口吻叮囑大家。姊姊和外甥女害怕得說不出話來。她們倆一整天都默不作聲。我們屏住氣息，跟著年輕的嚮導鑽過玉米田直奔江岸。他手執木棍，撥開腳下的積雪，動作輕得令人咋舌，彷彿不願打破這片灌木叢林如墓室般的死寂。在黑暗中走了十五分鐘後，我們來到了邊界，我本以為會有鐵絲網和駐警，結果映入眼簾的是無垠的雪地：這就是著名的圖們江。過了這條江，對面就是應許之地。

我們知道邊境巡邏隊每個小時會經過這裡一次，所以我們動作要快。嚮導走在前頭，之後是相哲，他讓女兒坐在他的肩膀上，然後是姊姊，我殿後。黑漆漆的天空，我臉色青白，猶如蹣跚學步的小寶寶，一步一步的猶疑踟躕，衷心盼望夜晚能無限延長。我怕得連大氣都不敢出，更不敢回頭看。天寒地凍，身上的衣服早已凍成硬殼黏著皮膚。我凍得冷到骨子裡去了，但在黎明來臨之前，我們得走到對面的小山丘那裡。

我全副心力都放在腳下，除了避免滑倒，也是為了忘掉恐懼，我不禁要想，到底有多少無辜的冤魂曾遭江水吞噬？有多少人成功地橫渡這二十多公尺的冰封江面，抵達對岸的中國？又多少人拋下了臥病在床、命在旦夕的父親，僅僅放了一碗飯在他旁邊？

＊＊＊

我們花了十五分鐘——是的，十五分鐘——從一個世界踏進另一個世界。我們剛踏上中國的土地沒多久，就聽到身後傳來韓國巡警的叫喊：「有人偷渡！」接著幾聲槍響，但已經太遲了，他們抓不到我們了。雖然離江岸不遠，但我們確實在中國境內了。沒有時間喘口氣，更沒時間慶祝成功渡江，我們加快腳步朝面前出現的第一戶人家衝。相哲把錢付給嚮導，自此我們得靠自己了。他上前敲門，一名中國婦女開了門，她側身讓我們入內，儘管我們衣衫襤褸汙穢，皮膚和頭髮凍得硬邦邦，臉色死白。

她端來熱湯、炒蛋和白飯。從我在市場賣掉我的套裝之後，這是我第一次再度嚐到蛋的滋味。我想起父親。多年來，在朝鮮的我們與死亡之間往往是一線之隔，怎知離邊界一百公尺的後方竟是另一個世界。僅僅一百公尺之隔，就是豐衣足食。

替相哲牽線的中間人明天早上八點會到。他對我們解釋，幾個月前母親隻身偷渡到中國時，就是這個人過來接應，所以相哲覺得可以相信他。那是個一身皮衣的彪形大漢。我們坐上他的車，前往吉林省的一個小城市，圖們市。

「歡迎來到中國！」他轉頭高聲對我們說：「你們終於逃離了那個混蛋金正日的魔掌了！」

姊姊和我面面相覷，整個人嚇呆了，一路上動都不敢動。

這麼露骨的公開辱罵金正日？太不可思議了！這裡是中國，另一個世界……

這個中間人把我們帶到他位在圖們市的家，他的妻子迎接我們入內。過邊界以來，舉凡接待我們的中國家庭都表現得相當親切熱情。但當他的妻子要求我們住在這裡的這段期間不要出門時，先前的想法開始動搖。要是招致鄰居的懷疑，跑去告發我們，那肯定只有遣返北韓一途了。這時我才隱隱覺得事情可能不會如我們預期的那般順利。

事實上，我不僅沒能贏得中國人的友誼，甚至連難民的身分都拿不到！我以為的慷慨仁慈，其實全是金錢利益的交易。我們對他們來說，就是非法移民。這樣的情況真的有比我們拋下一切逃離的地方好嗎？我無法肯定。

兩個禮拜過去了，正鎬終於來到圖們市與我們會合。他跟我們走的完全是一模一樣的路線。他問起父親。看到我和姊姊說不出話來，默默無語的模樣，他全明白了。他的臉霎時蒙上一層寒霜，卻掩蓋不了他眼底的不認同和絕望。每當腦中再次回想起這幅景象，就算到了今天，全身仍免不了一陣寒顫。安靜有時比最難聽的辱罵字眼更傷人。

離開圖們市之後，我們暫居琿春三個禮拜，其間借住一位韓國記者家，他也是相哲的朋友，然後輾轉抵達密江。近幾個月來，母親一直住在那裡。時序進入三月中旬，黑龍江省也開始嗅到春天的氣息。終於與母親重逢了，但感覺卻不是我原先想像的那樣。

一間小小的鄉下破屋，但真正令我無法相信的是，還有一個姓韓的男人跟她住在一起。那人看見我們連個招呼都沒有。她臉上閃過一抹笑，接著跑過來抱住秀晶。媽媽胖了。父親因缺乏糧食，無奈地等著體力耗盡餓死的當兒，她跟著這個男人過著舒服的日子，將近一年的時間，我一股怒火直衝腦門，氣得全身發抖，喘著大氣：

「媽媽，為什麼？妳為什麼不問問父親怎麼樣了？妳知道……妳知道他的情況有多糟嗎？妳有想過嗎？有想過嗎？」

看到我發火，她一時不知如何回答，只是靜靜地跟著秀晶轉。

「媽媽！我在跟妳說話！這十二個月，無論是白天還是黑夜，整整十二個月，父親一直問我要妳的消息。而妳，妳看看妳過的生活！」

弟弟正鎬跟我一樣氣憤，但他沒有爆發，他將我拉到一旁，低聲對我說：

「姊姊，算了！事情有些不太對勁。現在不是質問的時候，明天再來弄個清楚。」

他的這番話讓我平靜下來，也讓我稍稍安心了一些。

「孩子們，過來吃飯吧。」媽媽邊說邊帶我們走進屋子的正廳。「我給你們準備了豬肉、魚、雞蛋和馬鈴薯，希望你們會喜歡。至於你們的父親，我知道他病了，我也知道這對你們每個人來說都非常不容易，我真的很抱歉。」

她再婚了，重新展開了自己的人生，同一時間，我們卻天天遊走在生與死的邊緣，如今只換來她的一句抱歉？不是吧，她想糊弄誰啊？

我怒不可抑，瞪大了眼睛死盯著她。此刻我才發現她是在強顏歡笑，不管再怎麼努力，都難以掩去她臉上隱隱的不安。或許正鎬說得對，這裡面應該另有隱情，而那些事情不能當著韓先生的面說。

在此傍晚時分，看到滿桌的飯菜，我們全都狼吞虎嚥地吃起來。媽媽眼神中滿是關愛歡喜。整餐飯吃下來，除了湯匙碗筷敲擊的叮咚聲之外，沒有任何人出聲。有那麼幾秒鐘的時間，母親好像真的開心地笑了。

半小時之後，飯吃完了。母親對我說：

「智賢，我有話跟妳說……妳明天必須離開。」

「什麼意思，我明天要離開這裡？去哪裡？」

「這間屋子太小，我們人太多住不下。鄰居會起疑的。妳知道，如果他們去檢舉，我們一家大小會立刻被遣返回北韓。」

她定定地看著我，語氣堅定地說：

「為了救妳姊姊和弟弟，妳一定得走。」

「為什麼是我要走？妳要我上哪兒去？我無法理解！」

「我們需要錢。在中國這裡，朝鮮姑娘很值錢；單身的中國男人太多，女人不夠。」她的聲音逐漸發啞發顫。

我發狂地搜尋在場所有人的目光，舉目只見人人眼神低垂，盯著地板。

事情的脈絡一點一滴地開始變得清晰。姊姊告訴我逃往中國的計畫時，溫柔的軟語規勸，她和她丈夫交換的鬼祟眼神……從頭到尾都是一場精心策劃的陰謀，連母親都參與在內。我們在古茂山跟檢驗證件的員警說的話都是真的；婚禮不是「假的」。我一直被蒙在鼓裡。

胸口猛然一陣噁心想吐，我開始打嗝，間或夾雜哭泣。幸好弟弟正鎬打破了沉默。

「她不能嫁給中國人！她是韓國人！」他慌忙大叫：「她可以跟我們一起下地勞動，跟其他人一樣。妳不能把她賣給中國人！」

媽媽和姊夫相哲並未因為正鎬的極力反對而退讓，反而與他激烈爭辯。

我要是知道……要是知道會是這樣的話……我絕對不會離開韓國，我絕對不會丟下父親。至少他會保護我，絕不會允許這種居心不良的詭計。

正鎬猛力地站起來，直接朝相哲的肚子就是一拳。接著他抄起一把刀，揮舞著威脅他。五十三歲的母親費盡全身力氣，好不容易才將他們分開。那個韓先生自始至終冷冷地在一旁，將一切看在眼底，秀晶則一個人躲在角落裡哭。姊姊神情木然，看不出惱怒或憤慨。她含著淚用力地拉起秀晶的手，把她帶到隔壁房間。她早就知道了，當然沒有理由感到驚訝。

我從來沒有如此恨過一個人；這輩子，我一直那麼信任她。她怎麼可以？

母親把我拉到旁邊，對我說：

「妳結婚換來的錢可以拯救我們全家，我們這輩子都會感激妳的。妳馬上就會知道，在這裡嫁給中國人的朝鮮女孩多的是。也有人婚後過得非常幸福，妳不用太擔心……」

弟弟登時打斷她：

「小姊姊，不要相信她的話，妳不能離開我們！」

我說不出話來。對姊姊逐漸加劇的恨，對弟弟無可計量的愛，正撕扯我的心。每每徬徨無依的時候，我就會想起父親：「救救正鎬，救救正鎬。」對了，我還有任務。我想起來了，是的，我不能忘了我的任務。不要擔心，父親，我當然會好好照顧弟弟。有時候，微不足道的細枝末節能打破天秤兩端的平衡。這一次就這幾個字，已足夠：「救救正鎬」。

我一定要救正鎬。為此，我一定要賺很多錢。

隔天早上，我在等著母親過來拖我去未來的中國夫婿家時，韓先生的一位表親過來找我。接下來的事情發生得非常快，我不禁懷疑韓先生也是共謀。他的這位表親個子相當嬌小，她沒有介紹自己的名字，但對我非常親切友善。她陪同我到牡丹江市中心。我的婚禮「程序」於焉展開。

就這樣我離開了韓先生的家，連聲再見都沒說。

我坐上車前往牡丹江市，那是位在黑龍江省東南方的城市。一路上我腦筋不停地轉，如果母親沒有跟韓先生做交易，正鎬和姊姊一家人可能就沒有棲身之所了。他們倆雖然「同住一個屋簷下」，但我並不清楚他們之間是何種關係。一年前她離開北韓時，信誓旦旦地計畫另起爐灶，可惜事與願違，她只能另想辦法給家人找住所，找錢。於是我被犧牲了。她的想法並不是沒有道理：少一張嘴吃飯，日積月累下來也是相當可觀。只是，想必她沒有料到接下來事情會是這麼發展。但有一點卻是明明白白，那就是她犯下了一個不可饒恕的彌天大錯。

到了牡丹江市後，一個四十歲左右的光頭小矮子前來接應，帶我們到他住的兩房公寓。他是朝鮮裔中國人，名叫黃成鎮，綽號賈由，他說的韓語透著濃濃的穩城腔。他的妻子也來自北韓，人非常年輕又漂亮。屋內的房間裡有兩個小男生在玩，另一個房間內則有三位年紀稍長的婦女。

清一色瘦削的臉頰，一眼就能看得出來，她們全來自北韓。她們在這裡做什麼？她們在等什麼？三個人擠在房間的角落，屈身坐著。沒有人朝我多看一眼，我也沒有主動開口。我非常清楚在這樣的情況下，身分姓名絕不能暴露。

就這樣，我跟自己的同胞被監禁在這個髒汙陰暗的公寓裡，提心吊膽，毫無頭緒地過了三天。有一天，賈由把我叫到他的房裡。這是我第一次單獨跟這個男人在一起。當他關上身後的門，拿鑰匙鎖上時，我明白了。

我登時明白，第一天踏進這間公寓時，隔壁房的那些女人臉上的表情，那是絕望與厭世，初時我還以為是冷漠和戒懼。她們同樣經歷了馬上就輪到我的辣手摧殘，她們已經完全絕望。

我知道恐怖的事情就要發生在我身上，而且沒有人會來救我。

「妳如果反抗，我就去告發妳。」

一股深深的，冰冷的，慘白的怒火將我吞噬。我握緊拳頭，告訴自己要堅強地面對所有的困難和苦痛。什麼都不能讓我屈服，我一定要保護我的弟弟，不計任何代價。

＊＊＊

當自己的身體不再屬於自己時，只剩靈魂能引領我們了。此刻，我的靈魂比任何時候都更忠於我。它沒有被玷汙，它依然純淨美好。唯一的傷痕來自背叛。母親和姊姊的背叛。這道傷痕造成的巨大痛楚，就算是賈由的狼爪，相形之下，連小巫都算不上。這道傷痕無論用任何情由解釋，又無論是過了多少年，都無法抹滅。

＊＊＊

隔天，賈由的妻子帶我去市中心區的一間大眾浴場。我洗澡的時候，她在一旁打量我，從頭看到腳，像在品鑑一件即將擺上貨架的商品價值幾何。她告訴我幾年前她也蒙受了同樣的慘劇，但很幸運地——又或者該說是不幸——賈由決定留下她當作伴侶，之後她給他生了兩個孩子。儘管這已是「既成的」事實，我卻一點都不羨慕她。我告訴自己，我的將來一定會比她更好。

又過了一天，賈由開車載我到一個類似展示室的地方，等候拍賣。那裡什麼都有：年紀大的女人、醜的、殘障的，還有小女孩。這裡不僅僅是男人聚集「採辦」女人的市場，也有的是全家人一起來選購勞動人力，找尋替代牛隻下田幹活的奴工。

二十幾歲的年輕女孩大約可以賣到一萬元；三十到四十歲之間的女人，價碼介於八千到五千之間；瘦得像皮包骨的則賣不到五千元。

只要有潛在的買主出現，我就會被帶到市場，來來回回，往返頻繁。這段待價而沽的時間裡，我一直被監禁在賈由家。這樣過了快兩個月，直到有一天，某個人蛇交易商通知他有買主上門了。

「朴智賢！」

「四千元！」一眾買主當中，有個老人出價了。

「五千元！一口價！」一個皮膚黝黑粗糙的男人突然大喊。他穿著天藍色外套，黑色長褲。「她看起來不是很強壯，瞧瞧她的腳踝，太細了。這要怎麼下田幹活。她就只值這個價。」

「你若覺得她沒有這個價值，為什麼不到別處去另找一個？」賈由不屑地反問，顯然被他的舉動激怒了。

穿天藍色外套的男人慢慢地從椅子上站起來，從口袋裡掏出幾疊皺巴巴的鈔票，遞到賈由面前。「要就拿去，不要拉倒。」賈由稍微猶豫了一下，然後接過鈔票。我就以五千元的低價給賣掉了。

最起碼，他看起來不像個粗暴的人，我微微地放下心。剛剛買下我的男人盯著我瞧了一會兒，笑笑地對我說：他有很多地。

是了，錯不了，要種地的人就是我，你的那些爛地，王八蛋……

他叫做金承浩，四十六歲，是朝鮮裔中國人。一九九八年四月二十二日，告別了賈由，我隨著承浩一路走到牡丹江市車站。從今天起，我們就是夫妻了。就在這裡，牡丹江市灰霧瀰漫的公路總站，我向我的年輕歲月告別。

他買了飯菜給我，當作一餐。他跟我說我們要搭巴士到他住的地方。上車後，他坐在我後面的座位上。路程將近三個小時。狹窄的馬路沿著陡峭異常的山谷蜿蜒，一路上的景色與我熟悉的北韓驚人地相似。連續彎道，公車顛簸，我雙手緊握座椅邊緣。我好怕沒見家人最後一面就死在這裡了。承浩話不多，看起來口風頗緊，但我不敢相信他。

夜幕低垂，公車終於停下來了。

一 第十三章 一

我想活下去

看到他那張小臉蛋，
我的內心充滿了快樂：強健如鋼。
希望之子……

「快點，跟著我！」下車時，承浩一副唯我是從地催促我。

地平線那頭，連綿山脈線條清晰可辨，他就住在山脈底下的村莊裡。除了步行別無他法。這裡離俄國邊界已經不遠，茂密的松木林下黃土泥路迂迴。一想到在這裡他可以神不知鬼不覺地輕易殺掉我，疲憊幾至麻木的我突然害怕起來，精神也清醒許多。半路上，他在路邊的一家小餐館買了一份豬肉炒的菜。那是他的晚餐，大概打算帶回家吃。他沒有問我要不要。

走了二十分鐘後，我們終於抵達林谷，映入眼簾的是一棟茅草小屋，我不禁想起奶奶的家。儘管夜已深，他的父母還在等我們。除了他們之外，還有另一對比較年輕的夫妻──他的弟弟和弟妹，他們只是過來看看。他的母親頭髮灰白，臉龐尖削，看起來很冷漠，讓人不敢親近，還有她跟平常老人家一樣也駝著背。他的父親則熱情得多，看到我時臉上自然地燦出一朵笑。他走路時腳有一點跛，右手臂也不太靈活。

家人介紹完畢，承浩帶我認新家，他先領我走到廚房。廚房正對著一間小臥室，那就是我們的臥室。斑剝的牆面，地上覆蓋一層油漬，油亮霉汙，中間有幾塊地方勉強可看見底下原本的水泥地面，整體看起來，反而更加令人作嘔。如要上廁所，就得走到外頭，穿過院子就是小茅房，裡頭就挖了一個土洞，架上一塊木板。雖然與臥房有段距離，但那裡飄出來的嗆鼻氨臭仍瀰漫整間屋子，非常噁心。

屋子走完一遭之後，我們跟他父母一起吃晚餐。大家圍著一張矮桌坐下；承浩拿出路上買的炒豬肉，坐在我旁邊。

「妳是怎麼活著從那邊出來的？」他的弟弟操著濃濃的中國朝鮮族腔對著我說。身為朝鮮裔中國人，他完全不會說中文，他說的韓國地方方言我完全聽得懂。他坐在我們對面，手上的燒酒杯放在桌上，臉上盡是嘲諷之意。

兩兄弟開始一搭一唱地邊喝酒邊冷嘲熱諷，一杯又一杯。事實上，他們根本不信我們那一套，對他們來說，北韓的情況就是一個大笑話。全能的偉大領袖、政治迫害、大饑荒……這些在中國根本沒有人感興趣。他們的父親金先生，是這個家中唯一對北韓這個國家有些認知，也表現得比較有禮貌的一個。文化大革命時期，他曾經一度逃到北韓避難，至今仍對那裡的鮮魚滋味念念不忘，特別是他當時吃過的黃青鱈，說到這裡他似乎有無限的感傷。

我吞著碗裡的飯，並沒有用心聽他們對話。歷經了這麼多年的缺糧歲月，我的胃口奇佳，沒有任何東西能夠轉移我對食物的注意力。飯快吃完時，承浩已經喝得酩酊大醉，站都站不穩了。他抬手一揮，指向臥室的方向，叫我跟著他，嘴裡還喃喃地說他很高興娶了我。他命令我躺在他旁邊，但他身上的酒氣實在讓我受不了。我怕得渾身冰冷，只能呆立在房間的角落，矮身蹲下，膝蓋頂著下巴縮成一團。他又叫了我好幾次，之後就呼呼睡著了。清晨將近四點半的時候，我還躲在原先棲身的房間角落裡，一直不敢動，此時我聽見外面有人呼喚他的名字。是他的朋友來找他一起下田。承浩喝得太多了，根本起不來。

「妳，代替我去。」他咕噥兩聲，轉身又打起鼾來。

能離開那個房間像是移開了心中大石一樣，我整個人輕鬆起來，急忙逃到外面。

「歡迎來到中國！」他的朋友看到我後，這麼跟我說。

一聲親切的歡迎來得如此意外，我霎時不知該如何答話。從他的眼裡看得到真誠的友善。他看出我的侷促，為了緩和氣氛，不停地說著自己的事。他剛剛出獄，被人冤枉坐了十年牢，好不容易重獲自由，所以他現在非常高興。此外，他娶了一位中國女子，兩人馬上就要有孩子了，所以他覺得很幸福。就算在這深山窮谷裡的林谷村，無依無靠孑然一身，身心靈蒙受巨大創傷，我依舊能夠從他身上感受到一絲人性的善良。這帶給了我希望。歷經了那麼悲慘不公義的對待，他並沒有因此憤世嫉俗，反而讓他對於處在相同境遇的天涯淪落人，更能感同身受地張開雙臂。這樣的啟示安慰了我孤獨的心，也讓孤獨變得不是那麼難以承受了。

相對地，承浩並不屬於在逆境中更能成長茁壯的人。他隨心所欲任性地過日子，賭博花光所有錢，甚至從青少年起就開始偷他媽媽的錢。他的母親絕望之餘才想給他找一房媳婦，企盼媳婦能夠改變這個兒子。期盼我來改變這個耗盡了她一輩子精力的長子……在中學畢業之前，她還能勉強「馴服」這個兒子，但等他成人之後，她就完全管不動他了。

「我花了大把鈔票買下妳，錢還是借來的！我叫妳做什麼妳就做什麼，最好完全照做，要不然小心我去告發妳。甚至就算我殺掉妳，也沒有人會發現。」晚上我從田裡回家時，她緊盯著我在廚房的一舉一動，粗聲粗氣地警告我。

我沒有回應她的挑釁，她便自顧自地自言自語。

事實上，村裡沒有人喜歡她。我後來才知道大家把她當作瘋婆子看待，所以我會怕她也算是其來有自。我對她百依百順的同時，也盡量避免和她接觸。

＊＊＊

這一帶大約有百來位祖籍朝鮮的中國人，他們監視著我的一舉一動！我是第一個來到此地的北韓人，所以鄰近居民都來家裡看看這個「奴工」長什麼樣。每個上門的人都語帶恐嚇地警告我，如果我企圖逃跑，他們就會去告發我，或者殺掉我。困苦和悲慘會逼得人走上極端，就他們來說，他們已經被摧殘得只剩空殼，沒有靈魂了，身上唯一僅存的特質就是恨與惡。

承浩整天不是抽菸喝酒，就是跟鄰居聊天。他買下我的原因再清楚不過：他不想再去玉米田幹粗活。在北韓用盡了所有辦法才免於成為農婦的我，終究逃不過下田勞動的命運。被迫逃離了故鄉的土地，沒了將來能過好日子的希望，我已經變成一個不折不扣的奴隸。

一個不能跟其他人同桌吃飯的奴隸，家裡其他人大魚大肉吃香喝辣，我只能吃白飯配泡菜。白天田裡勞動，晚上煮飯掃地，到了夜裡還得屈從丈夫慾望。就是個奴隸。

＊＊＊

沒多久我懷孕了。那時正值七月初，天氣已經非常熱了。我沒對承浩說，但我告訴了村團部主席韓太太。這是規定：任何女人如果懷孕了，一定要通知她。韓太太也是朝鮮裔中國人，年約四十，她對我很好。她立刻叫我拿掉小孩，因為孩子生下來連戶籍都不會有。

她說得對，我不能留下這個孩子。再者我一點都不想生下這個男人的孩子。

結果證明徵詢她的建議是錯誤的決定，因為她隔天就告訴了承浩。多一個小孩等於多一張嘴吃飯。他的母親說，無論如何都要拿掉。沒有醫院會收我，因為我沒有證件。就算醫院願意收我，這筆醫藥費誰來付？於是只剩一個解決辦法：陋街暗巷去非法墮胎。

我孤立無援，感覺好無助。我不希望孩子在這個醜惡的家庭中長大。往後我要怎麼向孩子解釋？他的母親是被賣給他父親的？該如何解釋他為什麼沒有戶籍？他永遠不可能跟其他的孩子一樣去上學，而且長大成人後也不能從事正當的工作？我拚命地尋找可能的答案。如果姊姊在的話，我甚至會不計前嫌地找她商量。我已經不像之前那般地怨她了，孤獨已然淡化了我的憤恨。

我花了相當長的一段時間才從絕望的重負中走出來，把一切看清楚，事情的真相終會浮出水面，清澈而淺顯：我絕對不能私下找密醫拿掉孩子。

於是我開始考慮留下孩子的可能性。他不能待在林谷，更不能待在這個家裡。這樣的想法開始慢慢成熟，一點一滴地逐漸成形。這個孩子給我帶來了希望。這個孩子將是我的救星，就算在最悲慘的窘境下，也將為我開啟幸福的新天地。一個星期後，我已下定決心：我們將攜手共創未來。村團部主席韓太太，對此睜一隻眼閉一隻眼。她讓我留下孩子。

承浩酒喝得愈來愈多，我則持續每天下田幹活種玉米，盡可能地隱藏日益隆起的肚子。承浩的母親最近總是在找各種理由不讓我吃飯，因此我得加倍工作才能換得晚上的一餐。我們，寶寶和我，不能跳過任何一餐飯。

一天，承浩的弟弟到家裡動手動腳地騷擾我，我把握住這次機會，鼓動承浩離開他父母家，自立門戶。我們倆於是搬到小山頂上的急難救助木屋。是承浩的那位朋友，跟我一起種田的先生，幫我們找到的；在我之前，也曾有其他的北韓難民在這裡落腳。最後一批難民剛剛離開，所以木屋正好空出來。

出乎我意料之外，承浩馬上就答應了，我們幾天後就搬出了那個家。小木屋面積只有兩米見方，裡面只能擺得下一張床席、兩副碗筷和一台電暖爐，但這是屬於我們的空間，專屬我的天地！從此，我終於可以開始為自己工作了，不再是只能換取一點青菜白飯的，承浩的勞動代工。我胃口奇佳，但我竭力克制口腹之慾，努力地存下更多糧食以備不時之需。

有一天，一位從前做過妓女，住在附近的中國老太太可憐我，給了我一點米。她從小父母雙亡，所以很能了解被人拋棄的痛苦，也就對我非常親切大方。

「妳那個婆婆簡直是個老巫婆，妳看看妳，她把妳扔在這裡什麼都不管！她多少也該過來看看妳吧！」

我不知道這位老太太為什麼對我如此寬憐。她讓我想到媽媽和姊姊，我好想她們，儘管當時我依然覺得她們的背叛罪不可恕。我們已經分開將近一年了。我有她們的電話號碼，但我不能打給她們。一方面因為承浩家裡沒有電話，再者他家的人也不喜歡我跟外界有聯繫，他們怕我逃走。這世上我是孤身一人了。

＊＊＊

一九九九年四月二十日清晨四點，我出現了第一波陣痛。痛苦孱弱的時候，開口向敵人求援好像變得比較容易。我費了好大的勁兒才把承浩搖醒。

「妳在鬼叫什麼！要叫到外頭去叫！出去，滾出去！」

我哭喊得太大聲，以至於鄰居都被吵醒了，他們連忙趕在承浩把我轟出門之前找了產婆過來。產婆一進門就拚命搖晃我，叫我不要睡著，怕嬰兒胎死腹中。分娩過程整整持續了十一個鐘頭。等寶寶生下來時，我已經精疲力盡。是個男孩，我為他取名為鋼，是取其「鋼鐵」的含義，我希望他能像鋼鐵一樣堅強地面對這個無情的世界。看到他那張小臉蛋，我的內心充滿了快樂：強健如鋼。希望之子，從今以後，他就是我活下去的唯一理由。

＊＊＊

孩子的出生絲毫沒有影響承浩的日常。他還是一樣喝得醉醺醺。

「我們把他賣了吧。」一天他回家時說：「還能幫我還點債。」

「不要，求求你，那是你的第一個孩子啊！你不能賣掉自己的長子！」

我跪在地上，淚流滿面地懇求他。打從一年前他帶我回這個家以來，這是第一次他似乎把我的話聽進去了。

我自己哺育孩子，但我沒有足夠的奶水。產婆得知我餵寶寶喝糖水後，痛斥了我一頓，罵我無知愚蠢，差一點殺死自己的孩子。承浩的父親金先生，是唯一會來關注我有什麼需要的人。他不時地來探望我。

「妳要怎麼養活他，這個孩子？妳在市場賣米糕賺來的錢根本不夠。」他邊說邊把他買來的豬腳拿給我，那是他向朋友借錢買的。

他說得沒錯，光靠我一個人是做不到的。思量再三之後，我有了個想法。我請承浩幫忙聯繫我的家人，告訴他們寶寶出生的事。果然如我所料，他發了好大一頓脾氣，但禁不住我再三懇求，他終於同意了。其實，承浩的本性並不壞，頂多只能算是軟弱無用罷了。

五月已經走了大半。某個午後，我從市場返家不過才幾分鐘，有人敲了家門，是我的姊姊和弟弟。

「姊姊!!正鎬!!這麼突然！快進來！」我驚喜地大叫，極力克制內心的激動。

承浩看到他們，表現得相當得體，禮貌地迴避，讓我們自家人說說體己話。他實現了我的願望。

我們一年未見，感覺卻像是分開了一輩子似的熱烈擁抱彼此，熱烈得好像已然預知這次的團聚將會是最後一次。擦乾淚之後，我跟著他們的眼神掃過狹小的屋內一周。我不想要他們同情我，但他們顯然難以隱藏內心的窘迫和愧疚。再怎麼說，我會落魄到這種地方，難道不是因為他們嗎？我搶在他們開口之前，先問了：

「媽媽呢，她人在哪裡？」

「她沒辦法來。她剛好在更年期，流了好多血。妳知道她這人比較迷信，這種狀態下，她不願意踏進一個有新生兒的家。」

「相哲呢？」

「他也很好。他四處打工，什麼都做；種田、修車。整體來說，還算過得去。」

話才剛說完，姊姊就從她的包包裡拿出一方小布包，急急地塞給我。裡面包著新生兒穿的衣服，是母親存錢買來送我的。這些衣服雖然不是全新的，也不是很漂亮，但我的淚卻湧上來了。我將打開了一半的布包緊緊擁在懷裡，靜靜地品味這恩賜的幸福時刻。這是一個母親才會送的禮物，因為唯有身為母親才能懂得一個新生兒的降臨，對女人的生活會造成多大的驚惶慌亂。

阿鋼的哭聲打破寂靜，將我帶回現實。我轉頭問姊姊：

「那個中間人賣了我之後，給了你們多少錢？」

「媽媽拿了……一千元。」

「一千？？開玩笑吧！我被賣了五千啊！」

姊姊窘迫得不知如何是好，至於我，雖然極力掩飾，卻怎麼都藏不住我的震驚。我無法相信。那個賈由……真是個人渣。我知道他一定會拿佣金，但暗槓下四千元……他至少該給他們三千啊！

姊姊感應到了空氣中的侷促，再度開口：

「多虧了妳，相哲和我現在有自己的房子了。」

我不敢相信自己的耳朵。我被賣了……是為了給姊姊和她的丈夫買新房子？那媽媽在這整起事件裡又是什麼角色？你們不是應該用這筆錢來照顧媽媽嗎？你們真是無恥，你們所有的人！

「我要請求妳的原諒，姊姊。」弟弟說。

正鎬明白我的悲憤。他向我請求原諒，他承認了自己的罪行，雖然他是在不明就裡的情況下變成了共犯，但他真的也沒有其他的話好說了。

至少他向我請求原諒了。但是她呢？她難道一點都不覺得內心有愧？

姊姊轉而開始發狂似地打掃家裡，摺疊衣物。她願意做任何事，只要能避開我的目光就好，而做家事是她最拿手的。正鎬努力地鎮定心緒，和我談起父親。雖然我們口頭上持續相信他還活著，但內心深處我們都很清楚他很有可能已經永遠離開我們，而我們的公寓如今已經是另一個家庭的家了。

當他問我過得怎麼樣時，我不知道該怎麼說。看到我住在中國窮鄉僻壤的小村莊，這樣一間只有兩米見方大的破屋，他心裡當然多少有數，但我沒有跟他說承浩有暴力傾向，幾乎每天都會打我。我也不提有時候他玩牌輸錢，喝得酩酊大醉回來，拿起東西就往牆壁扔，還會掄起拳頭當著孩子的面就往我身上招呼。我不想全盤說出自己生活的細節，一方面是因為覺得沒臉說，另一方面也怕加深他對我的愧疚。

姊姊第二天就回去了，正鎬多留了幾天。一天晚上，正鎬喝了一點酒，說起了他逃離軍隊的原因。軍隊裡所有的士兵都有義務定期捐贈物資或金錢給營裡。一九九七年他無力捐贈了。

逃離軍隊前的幾個月，他開始投入黃金交易，但事與願違，投資以失敗告終。同年十月，他和幾位同袍被逼得走投無路，被迫走上逃兵一途。

「那個狗娘養的混蛋金正日！」我氣得大叫。

那是發自內心衝口而出的吶喊。這一次，我不用怕會遭到迫害了。

＊＊＊

二〇〇〇年一月，我遭中國公安逮捕，連同其他五名北韓人一起被帶到公安局。兩年前，村裡只有我一個北韓人，之後愈來愈多的北韓人也跟我一樣，為了生存冒死橫渡圖們江。這類的盤查其實只是表面文章，所以我並未特別擔心害怕。跟以前一樣，只要私下塞個幾塊錢就沒事了，我心裡這麼想。

「妳知道父親是中國人的孩子被遣送回北韓，會有什麼樣的下場嗎？」一名公安不懷好意地詭笑。

他逕自倒了一杯茶，滿不在乎地自問自答。

「會被**殺掉**！如果我是妳，就會把他賣掉。一萬元。妳可以賺一萬元，只要給我們一半，妳就可以大搖大擺地走出這裡。」

我還沒從公安剛剛的那番話裡回過神來，承浩就上氣不接下氣地衝進公安局。他們告訴他要五千元才能放我出去。此時公安建議他賣掉孩子，他毫不猶豫地接受了他們的建議。我的世界彷彿瞬間崩塌。

我被拘留在公安局三天，束手無策。阿鋼和我累極了，幾乎就要放棄希望。中國春節將至，拘留的第四天，公安宣布上面開恩大赦，只要簽下一紙切結書就能離開這裡，切結書上約定：年節假期結束後，帶五千元來。這簡直是從天上掉下來的禮物，我心裡想，就算落入悲慘的谷底，始終還是會見到希望的曙光。

承浩哪來這五千元？我又不能跟我的家人求助，我怕自己一個不小心連累他們也跟著被捕。怎麼辦？我該怎麼做才能脫身？我想去找賈由，在牡丹江市把我賣給承浩的那個中間人，那個性侵我的禽獸，只給了我母親一千元的混蛋。儘管他害我過著豬狗不如的悲慘生活，他卻是我與外界聯繫的僅有橋梁，是我唯一能夠求助的對象。

幾天後，趁著承浩睡覺的時候，天未破曉我就帶著阿鋼離開了這個家。

到牡丹江市的路程比我記憶中的要短。我站在賈由家門前按鈴時，阿鋼在我背上沉沉地睡著。他的妻子出來開門。她看到孩子時，我瞥見她臉色一凜。我倉皇不安的神色讓她無法拒我於門外，只得讓我入內。賈由答應收留我兩天，但不肯借我錢。他告訴我唯一的辦法就是盡快離開林谷。我是北韓人又沒有合法證件，無法租房子，於是他建議我說服承浩，叫他跟我和阿鋼一起來牡丹江市；我需要他，因為連租房子這樣簡單的事都少不了他。

＊＊＊

二〇〇〇年四月十九日，承浩、阿鋼和我移居牡丹江市已經好幾個月了。那天早上，姊姊明實、姊夫相哲和他們的女兒秀晶，以及我的弟弟正鎬全都過來找我。所有人，除了我母親之外，他們需要一個落腳的地方。

我招呼他們進屋，勉強安頓了他們。母親離開那個中國男人了，全家因此被掃地出門，流落街頭。自從她逃到中國後，無論做什麼生意始終都做不起來。二〇〇〇年三月十八日，她離開了他們所有人，前往山東，位於中國東部的一個城市，想在那裡再試試自己的運氣。那麼有生意頭腦的媽媽，無論是養豬，抑或是買賣魚乾、魷魚乾和香菸都做得有聲有色，但媽媽在中國卻失敗了。這個消息讓我感到很心痛。看著姊姊游移不定的眼神，我明白她並沒有說出全部的實情，母親的處境真的非常堪憂。她是跟我一樣被賣掉的嗎？她跟誰一起過活？她的身體好嗎？過了好久之後我才得知，自從她離開家後，她在中國的日子根本是齣不折不扣的大悲劇。

我們住在只有一個房間的小屋子裡，剛好夠我們夫妻和阿鋼三個人住，靠著賣自家種的豆芽菜，每天可以換得十元；這樣再怎麼努力也養不起額外的四口人。我唯一的快樂泉源是外甥女秀晶。她當時七歲，跟她那個差點到不了這個世上的表弟阿鋼，兩人玩得非常融洽。我以為他們會一起長大，一輩子相互扶持照應。想著想著內心就湧出一陣幸福感，足以讓我忘卻這幾天面臨的艱困和焦慮。

相哲知道我沒有能力長久收留他們，他們早晚得離開牡丹江市。他也知道我過得很不幸福，他要我耐心等，他一定會回來幫我的，只要他到得了南韓。

「南韓?!」我大驚失色地衝口叫出聲：「那是敵人的陣營啊！」

「為此我們已經準備兩年了。」他回答：「是一個來修車的客人給了我這個想法。他會幫我們。我們計畫先去大連，位在遼寧省的一個城市，離這裡大概兩個小時車程。然後從那裡搭船。妳知道，現在有非常多的北韓人跑到南韓定居。妳等著瞧，一切都會很圓滿的！」

那興奮的神情真的很適合他！這虛假的自信，我再清楚不過了。兩年前我們不就是被他滿滿的信心說動，跟著他入境中國的嗎？說到底，不就是因為他，我們才拋下了父親和我們的祖國嗎？

「跟我一起走！這次的路程很簡單，我敢打包票，一定沒有問題。」

「不行，我沒有辦法。我真的很怕承浩。我得留在中國。」

討論許久之後，我們終於做出結論：我先找到母親，然後我們母女倆再想辦法一起帶著我的兒子跟他們會合。

＊＊＊

姊姊一家和我弟弟在牡丹江市待了三個禮拜後，一行人動身前往大連。他們原本不願意拋下我離開，但我堅持留下來。我拒絕再次將自己的命運交到別人的手上。上一次的經驗就已經讓我付出相當的代價了。

相哲承諾等他們到了南韓就寄錢給我。正鎬則努力表現得像是即將出門度假一樣，但他內心的焦慮根本藏不住。

「等我到了南韓，就給你買很多很多的玩具，阿鋼。這段時間，你要好好照顧你媽媽喔！」正鎬抱著阿鋼對他說。
二〇〇〇年五月十日，我們齊聚一起吃早餐，有饅頭、牛奶和豆子。分離的時刻到了，他們即將踏上旅程。他們揮手向我道別，同時示意我不要再待在門口了，快進屋去；當時的我完全不知道，那是我們在一起吃的最後一餐。

他們離開之後，接下來的幾天，我不斷地問自己，他們是否已平安抵達目的地，是否很快就能給我捎來訊息。一天晚上，我夢見了我弟弟。「不，正鎬，不要過去，那邊是北韓，快回來！」我汗流浹背地驚醒，把夢裡的情景告訴身旁的承浩。他冷冷地回我：
「妳的夢其實挺有道理的！我知道他們根本到不了那裡。」
我心情沉重，但也只能想辦法繼續睡。
隔天下午，有人敲門。是那個幫相哲計畫逃亡的男人。我心跳加快，開門請他入內。
我覺得我的心就要停止跳動了。
「呃……姊姊，她……在……在哪裡，我的姊姊？」我結結巴巴地問，幾乎就要換不過氣了。
「妳姊姊運氣很好！警察因為同情小孩，所以放他們一馬，兩個人都沒事！」
接獲這個消息之後，我每天都在等姊姊，想著她很快就會回來找我。我有好幾次機會可以離開承浩自己逃跑，但我想等姊姊和她女兒回來，所以一直遲遲沒有走。

然而，一切的等待都是徒然，她們始終沒有再出現。

＊＊＊

三年過去了，家人依舊音訊全無：媽媽、姊姊、她的丈夫、正鎬，全都沒有半點消息。我愈來愈深居簡出，不與任何人來往，深怕被人告發，怕失去阿鋼。當我獲悉平日賣豆芽菜的市場即將收攤的時候，阿鋼即將滿四歲。他長大了很多，而且讓我驚奇的是，他說得一口流利的韓語和中文。

市場要關了，往後我們要怎麼過活？怎麼付房租？承浩遊手好閒了這麼許多年，怎麼可能寄望他扛起一家子的重擔！就在我絞盡腦汁愁得快要絕望的時候，我聽到有人說哈爾濱有個新市場要開張。哈爾濱是黑龍江省的省會，人口有三百五十萬。我想到中文的「危機」一詞，包含兩層意義：危機就是轉機。哈爾濱是個大城市，混在裡面保證沒人找得到。那是我的轉機，是我的未來。

二〇〇三年三月，承浩、阿鋼跟我離開牡丹江市，動身前往哈爾濱。

—第十四章—

下一個目的地

一個接著一個的羞辱，我一一挺受……

二〇〇四年四月二十一日，又是一個什麼都沒賣出去的日子。初到哈爾濱時，我已經知道這座位處郊區的老舊市場本來就沒什麼人潮，只是沒想到會蕭條到這個程度，遠遠超出我的預期。我又冷又累，全身凍得發麻，拖著皸裂的雙腳收拾紅辣椒粉、蘿蔔和乾燥的海帶，然後開始拆卸攤棚支架。我望著四周，每天留守到晚上的攤販很少，我是其中一個。心裡想著搜羅一些半價賤賣但還沒賣完的青菜。今天晚上我能弄什麼吃呢？當人們沒有多少東西可以吃的時候，滿腦子想的都會是食物。我的目光停留在隔壁攤架上散放的青蔥。行了，就來做炒蛋吧，這是阿鋼最愛吃的菜。我拿了一把青蔥塞進袋子裡，然後去白天照顧阿鋼的保母家接他。

黑龍江省的冬天是出了名的寒酷，二〇〇四年的冬天也不例外。冷風呼呼地鞭打我的臉頰，我加快腳底的步伐。幸好，保母家就在市場回家的路上。我居住的這個城市哈爾濱車水馬龍，高高的摩天大樓燈火璀璨。幾個月前我們舉家搬來落戶於此，這座大城市給了我自一九九八年逃到中國之後一直很想要的東西：隱姓埋名。我馴服了自己對陌生人的恐懼，並把這份恐懼變成自己的盟友。我用偽造的證件，說自己是朝鮮裔中國人，沒有人懷疑我來自北韓。完美。

照顧阿鋼的那戶人家同時收了另外七名孩子在家裡，每月收費二十五元。這樣的安排幫了我很大的忙，因為那戶家庭不僅沒有質疑我的身分，還願意讓阿鋼留在那裡一整個白天，好讓我能安心到市場賣菜。他當時才五歲，連時間都還不會看，但他總是很準時地，每天五點整，穿著他的藍色毛衣，雀躍地在保母家門口等我。

「媽媽！媽媽來了！我的媽媽在那裡！」他一看到我就用韓語大聲喊我，跑過來緊緊抱住我。

我喜歡他小小身軀貼著我時帶來的那股暖意。我喜歡牽著他的手一起走回家。這讓我想起奶奶，小時候住在北青郡奶奶家時，她也曾緊緊地抱著我。我的父母親從來沒有送我去上學。他們每天要做的事太多，根本沒有時間管孩子。我不禁要想是誰失去的比較多。是我缺少關愛呢？還是他們從來沒有機會學習付出關愛？

那天晚上回到家後，我把阿鋼帶進唯一的房間裡安頓好，然後走進廚房準備晚餐。我炒蔥的地方可以看到他。他一個人在房間的角落玩，安安靜靜地摺紙飛機。房間的另一隅則是每天必定喝得醉醺醺才回來的承浩。吃飯前，我試著教他學一點數學，但他不太能專心，因為咳嗽咳了一整天，很累。他剛滿月的時候生病發高燒，到十一個月大時，又因感冒惡化成肺炎，自此他的肺變得很弱，動不動就咳嗽。但我沒辦法帶他上醫院求診，因為那得冒著被人檢舉的風險。我唯一能弄得到的藥只有止痛片，那是成人用的止痛成藥，可以用來減緩女性經痛。這種藥的藥效很強，我知道不適合他吃，只是我在市場上只能找到這個藥。藥房賣的藥都太貴了。

生病讓他沒了胃口，所以他常常吃不下飯，但今天晚上，幸好有青蔥和雞蛋，他順利地吃完了一碗飯。相反地，要他吞下苦苦的止痛片又是另一門學問了，我得很有耐性，非常堅持，他才會就範。一吃完飯，我便著手為明天的生意做準備。把桔梗的根泡在水裡，等著做成客人可以馬上食用的「熟食」。這道小菜的工序繁複，首先桔梗得先經過日曬才能夠長期保存，要拿去市場賣的前一晚先用水浸泡，讓它再次恢復新鮮口感。之後加一點豆芽，拌一點麻油、大蒜，就是一道小菜了，可以配飯，立即可食。

晚上九點多了，我還忙著想多磨一些乾燥的紅辣椒粉。一般來說，這是不安慢慢爬上心頭的時刻。自從逃亡到中國之後，我沒有睡過一天安穩好覺。深夜寂靜，放大所有細微聲響，剩餘的黑夜時光，我總是時刻保持警覺。承浩醉得不省人事，兩手握拳地沉沉睡著。我內心慶幸，至少我們母子倆今晚逃過了他的拳打腳踢。阿鋼從小就很怕他爸爸，離開這個男人的念頭起了不止一次，但我很清楚這是不可能的。他知道我媽還有我姊住哪裡，我如果逃了，他會立刻到公安局告發她們。六年前，我拋下父親離開北韓，之後又沒能力拯救弟弟。我絕對不能讓這個男人危害我的母親和姊姊。總有一天她們會來找我的，我這麼深信著。

二〇〇四年四月二十一日的晚上，快十點了，我一如往常地摟著阿鋼側身而眠。他養成了不敢自己睡覺的壞習慣，所以我總是躺在他身邊直到他睡著。我輕拍他的背哄他入睡。然而我從來不曾像北青郡的奶奶那樣，為當時他這個年紀的我說故事。在市場賣了一整天的菜，我真的已經沒有力氣了。此時我聽見大門那邊傳來悶悶的響聲，我立刻朝窗戶張望。我知道有人在那裡。我待在阿鋼身邊維持著同樣的姿勢，動也不敢動，深怕吵醒他，但那個聲響持續不散。我慢慢抬起手蓋住他的嘴巴，融入四下的墨色中，靜止停格，但感官仍處在高度警戒的狀態。我不太確定我該採取什麼行動，於是我起身下床，走到窗戶邊，掀開窗簾下緣。就在那裡，我看見兩張臉貼著玻璃窗正往屋裡瞧。我啪地鬆開窗簾，後退回到阿鋼身旁，驚慌得活像隻落入陷阱的蒼鷹。

砰！砰！砰！

「開門！」一個男人大吼。

我的心臟彷彿就要停止跳動，腦袋開始發暈。這會是誰呢？這個城裡我一個人都不認識。只可能是公安。阿鋼也感受到了危險，哭著抱住我。我緊緊抱著他，叫他不要出聲。然後我癱軟倒臥在地，兩手摀住耳朵，全身用力蜷成一團，彷彿只要把自己身體變小，就能夠消失在這個地方似的，最終是兒子的呼喚把我拉回到現實。我平穩流暢地用中文鎮靜地說：

「您是哪位？很晚了，這個時候您來我家有什麼事？」

「開門！」是同一個男人的聲音。

他平靜威嚴的口吻更讓我毛骨悚然。豆大的冷汗成串爬滿我的額頭，我深吸一口氣，調整脈搏，穩定神經，然後打開門。

眼前出現十幾個穿制服的男人。最害怕的時刻到了，我被逮了……我心裡想。他們全都面無表情地盯著我，一副準備好要對獵物下手的模樣。我拚命往喉嚨深處搜尋字句，企盼著有些句子能自己找到出路，自動來到我的嘴巴裡，但是沒有，什麼字句都出不來。就這樣過了幾秒鐘，其中一名幹員抓住我的手臂，將我雙手上銬。我竟不知道這些金屬鏈環這麼沉，連結兩手手腕的鏈條重得我偏移了重心，害我整個人往前倒。兒子淒厲呼喊，公安喝斥，家裡亂成一團，但沒有人出面伸出援手。附近的鄰居都是中國人，全都是各人自掃門前雪之流，就算發生謀殺案也不關他們的事。

事實上，只有一個中國人清夢受擾，那就是承浩。

「安靜！閉嘴！」他沙啞糊散的吼叫從房間後面傳來。

他實在喝得太醉了，又尚未完全睡醒，所以眼睛還張不太開。他踉踉蹌蹌、辛苦萬分地想從草蓆上爬起來。看樣子他好像沒有注意到家裡有公安。「臭三八……自大的臭三八……」他嘴裡不斷地嘟囔。公安要求他出示身分證，但他身上沒有；這十年來，他一直是沒有證件地活著，毫無能力打理自己的生活。

我的兒子和他的父親走出家門時，我已經被帶到屋外，被公安押著了。他們叫我坐上停在門前的第一輛車，我的兒子和承浩鑽進第二輛。阿鋼的哭聲被深夜冰冷的寂靜吞噬，很快地耳裡只剩引擎轟隆聲。我緊張地看錶，十點了。我坐在後座被兩名彪形大漢夾住，幾乎快要窒息。他們蒙住我的眼睛：「頭低下！」說著強行抓住我的頭往膝蓋壓。我是犯人，犯人沒有權利抬頭看。我努力地保持鎮靜，但我真的好擔心阿鋼。不知道他在另一輛車裡怎麼樣了。這輛車裡的兩名公安無事人似的聊著天，他們交換自己晚餐吃了什麼，還講了幾個笑話，好像車裡沒有我這個人一樣。我覺得自己好渺小，比在一個小時前我做好準備明天拿到市場賣的蘿蔔乾還小。

車程好像有點久，我這才明白我們的目的地不是本地的公安局。焦慮蔓延全身，胃抽緊打結。車子終於停下來了，我壓低著頭被人拉出車外。我只能任人帶著走，因為雙眼仍然被蒙住。我跨過感覺像是樓房門檻的地方，然後穿過一扇門。終於有人鬆開了我的眼罩。終於能抬頭，並且坐下來了。這是一個狹小的房間，空蕩蕩的，只有一只燈泡從天花板上垂吊下來照亮四周。裡面擺了兩張辦公桌，兩張椅子和一張圓板凳。牆壁漆成白色，但看起來像是黑的。我在板凳上坐下，前面的兩名公安正在填寫表格。我瘋了似的四下搜尋阿鋼的身影，但沒有找到。往後可能再也見不到他了，這個想法如閃電般在腦中乍現。雙手上銬地被公安架走，他對母親的最後印象不該是這樣。我不停地問他在哪裡，但他們只是一個勁兒地叫我等著。我安慰自己說他應該跟他爸爸在一塊兒，他大概在忙著解決身分證的問題吧。

公安跟我用中文交談。我用他們的語言回答問題，跟他們說我是中國籍。其中一個人要我拿出身分證。身分證我一直放在口袋裡，就算夜晚睡覺也從不離身，我穩穩地拿出來遞給那個人。兩個當中比較年長的那位，年齡大約四十，有點胖胖的，他伸出食指按按這張雙面塑膠護貝的卡片，兩眼直直地盯著我。

「我這輩子看過不少偽造證件，可是這一張啊，還真他媽的是個粗製濫造的便宜貨！」

不需要他來說，我也知道那是張便宜的劣等仿冒品。因為我拿不出五十元來做一張精緻的假貨。我裝出一副不知道他在說什麼的樣子，持續堅持那是真的證件，我就是卡片上面的那個人朴有美，二〇〇三年歸化中國籍。此時，一名公安拿了一張紙給我，要我寫下自己的名字、年齡、地址、學歷和出生地——當然要寫中文。我絲毫沒有畏怯，我知道自己的中文寫得不錯。

我在學校學過中文，一九八〇年代中文是必修的科目。韓文字母是朝鮮世宗大王在一四四三年時創造的，但韓國人在書寫時仍沿用許多中國漢字，因為那是歷代古籍使用的官方語言。在學校時老師還跟我說，南韓人的中文特別好，如果我們想要在兩韓統一之後掌控整個半島版圖的話，就一定要學好中文。

見真章的時刻到了……學校裡無數個小時的習寫，今日終將獲得回報。我專心地寫下我出生於吉林，我的父母名叫朴滿秀和李君熙。

公安看到我會寫這麼多中文，頗感驚訝。

「我們是外交部的人員。」那個細細瞧過我身分證的幹員說。

最起碼，他們不是公安，我心裡想。外交部的人不會這樣隨意逮捕人。這應該算是好消息。

「妳中文寫得真好，幾乎比我還要好！」

他拿起我寫完資料的紙，離開房間。我知道我的命運掌握在他們手裡。或許他們會放我走？他們也可能開口向我要錢。但我該從哪裡找這筆錢呢？他們會要多少？他們也可能把我送進監牢。拿金屬環扣著鼻孔，就像給牛戴上牛環一樣。到時人們會對我指指點點，我會變成街談巷議的笑柄。那麼誰來照顧阿鋼呢？六年前拋下老父親難道還不夠嗎？現在還要拋下自己的親生兒子？我覺得好無奈，好累。小房間內的等待彷彿一輩子那麼漫長。

那兩個人終於回來了。

「我兒子在哪裡？」我問他們。

「他在隔壁房間，等一下妳就能看到他。」其中一人回答。

他鎮靜地繼續說：

「妳知道妳可以假裝成中國人……但告發妳的那個人……他跟我們說妳是北朝鮮人。他不僅打電話到地區公安局，還打電話到外交部。我們恐怕只能將妳遣返回北朝鮮了……」

他促狹地看著我。

「妳還是可以回來的，這一點妳很清楚，來啊，妳可以試試看！」

不……不會的。阿鋼怎麼辦？他不能回北韓。他可能會餓死。他一定要留在中國。我已經看了太多的孩子死去，看了太多的孩子變成孤兒。我不要阿鋼步上鎮和其他學生的後塵。他如果留在中國，承浩會帶他到我母親或姊姊那裡，她們會照顧他的。

一波波思緒紛沓而來，但我絕對不能表現在臉上。

「那我的兒子呢？」我臉色凝重，冷冷地問：「他可是在中國出生的。」

「妳可以把他留在這裡，或者帶著跟妳走。隨便妳。」

我立刻鬆了一大口氣。但也只是短暫的一刻而已，腦袋很快地又開始轉，我們如果分開了，也許此生就再也見不到他了。想到這裡，眼淚不爭氣地順著臉頰流下來。我這輩子從來不曾這麼絕望過，就算是在農圃山四處挖樹根，找東西填飽肚子的那段日子也沒有現在這般絕望。

儘管淚水模糊了雙眼，我仍清楚地看見手錶指針指著凌晨四點。整個過程重來一遍，手銬、眼罩、低頭、兩邊架著我的公安，還有外面等著我的汽車。完了，我心裡想，完蛋了，我要進監牢了。部裡的幹員和我鑽進後座，司機在前座，車子隨即發動，一刻不停留。車子開了好久，我心裡只有一個念頭：在被驅逐離開中國之前，請讓我見阿鋼最後一面。車子抵達哈爾濱監獄時，天還是黑的。架上鐵絲網的圍牆讓這棟建築看起來更加恐怖。柵門已經敞開，看來監獄已經收到通知，我和這些幹員即將過來。第一個出現的警衛有些心不在焉，身上的卡其色制服顏色偏黃。驗完證件，車子穿過中庭院子，一路駛到正門口，那是一扇鑄鐵大門直通後方建築。清洗身體，換下衣服，他們要我換上灰色囚服。

我定定地站著，彷彿腳下水泥融化，覆蓋封印了我的腳。眼前出現兩排囚室，柵欄鐵門綿延，沿著中間一條昏暗的走廊了無盡頭。室內安靜得連根針落地都聽得見，也不見半個囚徒。獄卒指指第一道鐵柵門，門已半開。我跟在他後頭，他邊搖晃著大把鑰匙，邊順著長長的走廊走到最盡頭。這是我的囚牢。裡面非常狹窄，連窗子都沒有。發霉的氣味夾雜汗臭和排泄物的臭氣，逼得我差點吐出來。心情看來很糟的獄卒走到我身邊，抬抬下巴示意我進去。門在我身後合上。一切都結束了。

幽暗中，我隱約瞥見一個女子直接躺在水泥地上睡覺。角落有一落毯子疊放，但沒有蓆子。早晨醒來時，她完全無視於我，好像我是個隱形人似的。她走到門邊拿取剛剛從門下方的小推門送進來的稀飯。她看上去大約二十來歲，留著一頭長髮。她的臉色如此陰鬱，身形如此瘦削，感覺像是連血管裡面的血都流乾了。

蹲監牢的第一天就這麼展開了。我當時並不知道我會在這裡待上好幾天。第二天，我一個人孤單地在囚室，枯坐地上。我不知道那個女子去了哪裡，但我的囚室室友一大早什麼都沒說就不見人影，直到傍晚才回來。那天晚上，她回來時我問她被帶到哪裡。她告訴我所有的囚犯白天都要去建築工地做工。她是法輪功信徒，法輪功是被中國政府禁止的宗教教派，她的父母到公安局舉發了她。剛進來的前六個月，她的父母一次都沒來探望過她，她以為她就要餓死在牢裡了。沒有訪客——無論是家人或朋友——帶晚餐來探監的話，光靠早上的一碗粥和一顆饅頭根本撐不下去。後來有一天，她的父親來了，叫她脫離法輪功。她答應了，家人才開始來探監。只要再待十二個月，她就能出獄了。她至少有父母，有家，出去之後有地方可去。

這讓我感到萬分嫉妒。

我呢，沒有人會來探望我，所以我沒得吃。室友吃不完的，我很樂意接收。北韓已經沒有人在等我回去了。對祖國的人來說，我是背叛國家的叛徒。看在我自己的眼裡，我比叛徒還不如。拋下自己的兒子一個人在異鄉，孤苦無依。

我實在太累了，連爬起來的力氣都沒有，更遑論費力去平息混亂的思緒。我好想見阿鋼。他還活著嗎？如果我離開中國，他會變成什麼樣？囚室的角落是盥洗空間，有一個沒加蓋的便坑，上頭裝了水龍頭。監視器──二十四小時全天候運作──照不到這個地方，我因此有了一個避難所，能讓我盡情無聲地哭，中國警衛看不見，因為我不想讓他們看見我軟弱的一面。然而他們只要一發現我不在監視螢幕的畫面上，就會來敲囚室的門。我若是沒有應聲，他們就會開門進來，叫我換到囚室的另一個地方去坐。第三天，我受不了了，我突然跳起來，像是被魔鬼附身似的，開始鬼吼鬼叫，掄起拳頭狂敲囚門：

「開門！開門！開門啊，求求你們……」

我必須在離開中國之前，盡快行動。我聲嘶力竭地大叫，使盡全力敲打著門，但始終沒有人來。大約過了半個小時，我踉蹌地跌回地上，我憤怒至極，雙眼充血，淚流滿面。這場騷動引起同樓層的某個囚犯的好奇，出聲問警衛：

「她是誰啊？她幹了什麼被送進來？」

「她是北朝鮮來的，很快就要被驅逐出境了。」獄卒怒氣沖沖地回答。

「北朝鮮！北朝鮮來的！」囚犯開始起鬨大叫。

在他們的眼裡，我是這座監獄裡的奇特物種，從那天起，我就多了一個北韓「間諜」的身分。

三天後，出現了完全出乎我意料的轉折，走廊傳來熟悉的聲音。不可能！我認得這個聲音！

「媽……媽……」

我使盡力氣敲打囚門，並用韓文大喊：

「阿鋼！媽媽在這裡！這裡！我在這裡！」

沒有回答。走廊只剩腳步聲和說話聲，之後是全然的靜寂。幾分鐘後，開鎖的聲音。獄卒進來交給我一個包裹，但他連正眼都沒瞧我一眼。我發瘋似的衝出門，光著腳在走廊狂奔，一邊高喊：「阿鋼！阿鋼！」獄卒立刻追上來將我帶回囚室。「我一定要看看他！我一定要看到他！」我拚命地掙扎，不停地大叫。

阿鋼就在走廊邊上……我差一點就能抱抱他了，我聽見的確實是他的聲音。但現下只有我撕心裂肺的嘶吼迴盪廊道。我血脈賁張，怒火直衝腦門，現在要我殺人都可以。我真的一定要跟兒子講講話，我要對他說：「媽媽會回來的，活得好好的回來；你等著，你一定要健健康康的喔。」這些字句在我腦袋裡衝撞，但我知道阿鋼是聽不到了。

像是要平撫我的情緒似的，獄卒遞來一個黑色尼龍袋給我。他吞了口唾沫，然後告訴我他打電話給我丈夫，叫他帶一些衣服進來，還有一點錢付餐費。他也試著想安排我和兒子丈夫會面，可惜上面不同意。所以他只能叫他們離開，但他答應了阿鋼，把他帶來要給媽媽的東西送過來。「這些都是媽媽最喜歡的衣服，請你拿給她。」這就是他留給我的話。我兒子留下的這些話，是我唯一能抓住的僅有現實。這兩句話至今還在我腦裡清晰可聞。

我打開袋子：綴有白色衣領的黑色外套和白色球鞋。這是幾年前我們一起在市場買的。我從來沒穿過，我珍惜地收著，等待特殊場合再穿。我擦乾眼淚，無聲地感謝我的兒子。

接下來的幾天，只要同室囚友出門，這個狹小的囚室搖身一變成為巨大的煉獄。就連二十四小時監看我的那台監視器都變得親近，轉而成為我的朋友了。

「我想跟阿鋼說說話。」我望著它說。

我不再梳理頭髮。無法成眠。鎮日裡呆坐地上，我覺得自己就快要發瘋了。就這樣過了六天，一名比較年長的獄卒看不下去了，叫我出來在走廊走走透透氣。我站起來，走出囚室，昏暗的長廊再度映入眼簾。左邊是兩道鐵柵門，後面就是警衛辦公室。我的囚室是沿著長廊一個挨著一個的長串囚室的第一間。一星期前我剛走進這裡時看見的景象，模模糊糊地浮現腦海。

獄卒知道我什麼都沒吃，建議我叫一點東西吃。

「妳想吃點什麼？妳想要什麼？」

事實上，我並不覺得餓。我也說不清楚。腦袋第一個想到的竟是玉米粥，它讓我想起我母親。也是我在哈爾濱市場賣菜時唯一吃得起的東西。

「玉米粥……」

他輕笑一聲：「什麼都可以點，妳居然只要一碗玉米粥……好吧。」他答應我明天早餐和晚餐時叫人各送一碗進來。

「如果妳想要回來找妳的兒子，妳一定要吃點東西！」他對我說。

雖然不能說他一語驚醒夢中人，但他這番話的確給了我安慰，讓我重拾起精神。我請他給我一根拖把。我覺得要是再不找點事做，我一定會瘋掉。我怒火中燒地死命清洗走廊地面，像是在刷洗自己的皮膚，彷彿長久以來上頭黏滿了髒汙，一層又一層。走廊變得光亮如新，一如我們在羅南的公寓走廊，母親幹勁十足地用力清洗的走廊；光潔得就像雙親每天撢灰的那幅相片，更像是我們「親愛的父親」臉上的笑容那般燦爛，光彩耀眼得可比「我們的太陽」。這些念頭把我帶回到了北韓。我看清楚了，哀求哭泣是沒有用的。我必須接受我可能會被送回去的事實。

這一瞬間我突然想起了父親。看到我這樣一身落魄地到他墳前看他，他鐵定不會開心的。我於是動手刷洗球鞋。用牙膏仔細地刷洗，一遍又一遍，直到球鞋雪白如新，沒有半點汙漬黑點。我身上發臭，因為我好久沒洗澡了，打開水龍頭，水是一滴一滴落下的，不過鞋子已經完美無瑕了。室內沒有多餘的空間晾球鞋和內衣，挾帶著刷洗走廊時的滿腔怒火，但我堅持非洗不可。能愈早回到北韓愈好，我終於可以到父親墳前祭拜了，我不斷地這麼對自己說，為自己打氣。又過了一個禮拜，四月的最後一天，剛過中午，囚室的門開了，一些男人走進來。我認得其中一個是部裡的幹員，在哈爾濱盤問過我。他們叫我收拾東西。我穿上細細刷洗乾淨的球鞋，拿起黑色塑膠袋。這些就是我全部的家當了。他們再一次將我雙手上銬，蒙住我的雙眼，帶我坐上車。

我拿下眼罩，看了車站的大時鐘，指針指著三點過幾分。我認出這裡是哈爾濱火車站，滿眼的廣告招牌，麥當勞的金色拱門獨占了整面車站外牆。穿著灰色或黑色衣服的工人——他們應該是從工地回來——背著大大的包袱，裡頭是他們的鋪蓋——哈爾濱的旅社設備並不齊全。還有一些孩童和婦女，有的是朝鮮裔中國人，有的是中國朝鮮族。她們全都打扮得花枝招展的，準備去餐廳、卡拉ＯＫ或按摩店工作。

我愣愣地待在站前廣場上，眼前人來人往川流不息，彷彿置身幻境，有人開始圍著我靠攏，彷彿大家都約好了在這裡見面似的。我旁邊的幹員跟圍觀群眾說我是北韓人，正要被遣送出境。

「天啊，她要回去北朝鮮呀……」

「為什麼給她上銬呢？」

「她應該是殺了人啦！」

人群議論紛紛，竊竊私語，但沒有人直接跟我說話。我隱約聽見有人說「可憐啊」，也有人說「滾出去」。我是大家的笑柄。這些幹員把我押到廣場正中央，遭眾人指點恥笑，他們卻在不遠處悄悄地觀察我。他們知道我什麼也不能做。車站裡面人太多，太喧鬧，不能讓犯人在那裡晃蕩。在廣場上，就什麼都不怕了，我跑不掉。我羞愧得想找個地洞鑽進去，頭垂得低低的，只有等。

兩個鐘頭後，火車終於來了，他們帶我上臥鋪車廂。兩名幹員分據兩邊下層臥鋪，我則睡上鋪。我躺下，雙手綁在臥鋪護欄上，頭幾乎就要頂上車廂的天花板和窗戶的上緣。我連窗外的夜色都看不到。我聽見他們喝啤酒的聲音。剛開始，想到不用跟別人大眼瞪小眼的反而輕鬆，但這種如釋重負的感覺只有短短瞬間。手上的手銬，上廁所不能關門，在在都是椎心的羞辱。一個接著一個的羞辱，我一一挺受，多到連我自己都搞不清楚哪一種最傷人了。

我知道我們就快穿過隧道，抵達圖們市了，就是中國和北韓的邊界城市。那裡有一座監獄，專門收容逃往中國被抓回來的北韓人。那就是我的下一個目的地。在圖們監獄監禁一個禮拜，是進入「最高統帥金正日同志」國家的必經途徑。

—第十五章—

不是結束，而是開始

是墮入煉獄，還是奔向人生，
都已無所謂，奔逃開始了……

圖們監獄是一棟樓高五層的全新建築。

我已經見識過中國監獄，也沒嚇破膽。一切都會沒事的，而且我很快就能回北韓了。只要有一絲希望的曙光，我都不會放過。想像著祖國敞開雙臂迎接我歸來，內心不禁洋溢起溫暖。只是好景不長，穿過監獄大堂，一個人被丟在空蕩蕩的會客室裡，旁邊只剩一個身材圓滾的三十來歲獄警。儘管出發時我好像已經做了完善的心理準備，此刻我不禁咬緊牙關，努力壓制再度浮現內心的不安。是搜身檢查。我開口要求請一位女獄警來。

「臭三八！叫妳幹嘛妳就幹嘛！」那名獄警朝我小腿猛踢了一腳，張口就連聲臭罵。

隨即舉起肥肥的油手，往我身上通常不會對外顯露的私密處摸，搜尋藥品和金錢，基於求生的本能，囚犯經常把這些東西藏在身體的這些部位。不堪的搜身，所有的女囚都必須經過這一關，然後被送進囚籠。

＊＊＊

我驚訝地發現，這裡面關了大約四十多位北韓婦女，年齡從十到六十歲不等，還有十五名以上的男子。女生被分別關在三間囚室，男生則都關在最後一間。沒有中國人，全部都是北韓人。他們都跟我一樣，是遭人舉發後被抓進來的，全在這裡等著被引渡。我從來沒想過會有這麼多人。

囚室裡，大家的話都很少，且往往語帶保留，間或夾雜斷斷續續的低聲自語，但這已足以在我們之間建立起相互扶持的情感。我們都是難民，有共同的目的地：北韓。其中一位女囚還是平壤大學畢業的，在中國教語言。至於其他人，有些像我母親一樣是去做生意的；有些則已經被驅逐出境兩、三次了，如今只是再一次回到這裡，等著公安決定自己的命運。

其中一個比較討人喜歡的女子告訴我，裡面到處都是公安耳目，跟獄警說話一定要很小心。如果我想藏東西的話，最妥當的方法就是把東西吞下肚。親身體驗了入監前的搜身待遇，我毫不猶豫地點頭表示贊同。

圖們監獄收容人平均停留的天數大約是一個禮拜，但也有些人已經待了超過六個月，甚至一年之久。至於我，我待了兩個禮拜。二〇〇四年五月初，我終於回到北韓。

＊＊＊

那天，我們一行四男四女步行過橋。這座橋連接了中國這邊的圖們市和北韓的邊境城市南陽。中國公安在橋的這端取下我們手腕上的手銬，移交給在另一端的北韓警察之後，我國同胞下達的第一個命令竟然是：把鞋子上的鞋帶抽出來。原來他們需要鞋帶來綁我們的手，這是本國版的手銬。

見微知著，可見這個國家的經濟狀況有多糟，我感到好羞愧。

接著我們被送上卡車前往穩城，國安局幹員已經等在那裡了。根據罪行輕重，我們將分別被送進不同性質的監獄：矯正集中營、政治犯集中營、強制勞動營、嚴密監控營。舉例來說，收看電視播放的國際性節目屬於政治罪，被告及其家人必須到政治犯集中營服刑。刑期：終生監禁。

我非常幸運，我的犯行被歸類為「經濟」犯罪，不屬於「政治」類，我在穩城監獄被拘留了三個星期後，約在二〇〇四年五月下旬，被送回我的故鄉清津松坪區附近，船奇橋下的拘留營。這座橋建於一九八〇年代，當地人命名為船奇，有「出眾」的意思。因為這座橋的非典型建築設計跟本地區其他的橋很不一樣。

我知道這座拘留中心。我很熟。八歲的時候，每次經過這裡，我總是頭也不回地快步離開。那些穿著灰色囚服的囚犯低頭製作磚塊的樣子讓我好害怕。通過監獄藍色鐵柵門時，我加快步伐遠離，我不想和獄警的眼神產生交集。儘管我在班上成績總是第一，儘管本國史我已經背得滾瓜爛熟，還有那些領導的誕辰和新年演講稿通通難不倒我，但我還是怕得心臟怦怦跳。

二十八年後，一身灰色囚服的我，終究還是進了藍色鐵柵門的另一邊。

拘留中心的一天始於凌晨四點半，一直到晚上十一點才結束。一整個白天，我來回地拉了一車又一車的堆肥，光著腳踩在乾燥龜裂的泥土地上，硬得像岩石的土，夾雜著尖銳的小石頭，把腳皮都磨破了。無止境的一天，一日復一日，沒有任何喘息的空間。

晚上，我們當中有些人還會被叫去從事另一種勞務。兩名值班的獄警會把她們叫進廚房，直到隔天早上才讓她們回來。原則上，夜間被叫去廚房加班的那些女性，第二天白天的工作量會明顯減少。幸好，我從來沒有被選上。如果再一次性侵懷孕，我想我一定驚慌絕望得撐不下去。

二〇〇四年八月裡的一天，我踩到碎玻璃割傷了左腳。因為怕我們逃跑，獄警不准我們穿鞋，所以囚犯腳底受傷是很常見的事。

我本以為是小傷，結果傷口表面先是潰爛變綠，幾天後，整個腳都腫了，腫得連長褲都脫不下來了，最後站也站不起來，更遑論走路了。慢慢地整隻腳顏色變得愈來愈深，眼看著就要完全變黑了。獄卒斷言，我存活的機率只有一半。他們立刻將我送到清津的拘留總中心，因為他們不想在登記簿上多一筆死亡紀錄。

二〇〇四年八月十四日，獄警把我送進南清津醫院。我認得這個地方，姊姊就是在這間醫院產下女兒秀晶。醫生細細地看了我的腳，建議我截肢。也不是沒有其他的治療方法，但那需要錢，他知道我沒有，所以自行排除了其他選項。獄警得出結論，我是個廢人，顯而易見的，我是沒辦法再拉拖車了，於是決定要把我丟給當地派出所。幸好我抵死不從，沒有人敢動我的腳。終於在二〇〇四年八月二十日，派出所聯絡上了小叔叔再娶的妻子，我的嬸嬸恩希過來簽了文件，我重獲自由。

「我再也不想見到妳了！我絕對不會讓妳踏進我家一步！」我們一走出派出所，她壓低聲音，但怒氣難忍地對我說。

「小叔叔還好嗎？還有孩子們呢？妳能告訴我一點他們的現況嗎？」

她什麼話都不說，扭頭便走。

「至少請妳告訴我父親的墓在哪裡？」

我說了什麼不該說的嗎?!她猛然回頭，惡狠狠地瞪著我說：

「妳這個自私自利的東西，滿腦子只想著怎樣才能讓自己心裡好過一點！妳想去妳父親的墳上祭拜，這樣一來妳就能安慰自己，已經盡到了為人子女的義務。妳只是為了自己良心上過得去。我們其他人呢，妳以為我們還有餘力去想良心能不能安，上墳祭拜這些事嗎？妳想要我們死嗎？該死的自私鬼，滾！快滾，我不想再看到妳！」

我全身癱軟跌坐地上，熱熱的眼淚簌簌地流。悲傷，絕望。醬黑色膿包覆蓋的腳，一直堅持站到此刻的腳，如今好像要棄我不顧了，但這卻給了我一個好理由痛痛快快地大哭一場；給了我時間反身由內的，拚命擠出最後一點力氣重新站起來。嬸嬸恩希不想跟我再有任何瓜葛，她只是想保護自己的家。我能理解她。換作是我，我可能也會這麼做。

然而，我好想告訴叔叔北韓政權的真實面目。我好想告訴他們，他們這一輩子都是政府洗腦宣傳下的犧牲者。我好想告訴他們，邊境的另一邊，有另一個世界。我好想叫他們快快把自己的命運拿回到自己的手上。我都知道了，但他們還生活在謬誤當中。我真的很想很想把一切告訴他們。

我不知道該往哪裡去，任由雙腳信步遊走，竟這樣回到了我們之前住的舊家。六年前，拋下父親，任由他在裡面自生自滅的公寓。或許鑰匙還藏在泡菜罈子底下。我走到公寓樓房門口，看到樓長家的大門正慢慢地打開，一條身影從門框後頭逐漸清晰。是恩珠的媽，那位在公寓大堂張貼金日成作的詩，還吩咐我一定要背熟的大嬸。那已經是十二年前，一九九二年的事了。

她老了好多。她匆匆地問了我和家人的近況，只短短幾句，隨即隱身門後。

我們到底怎麼了？為什麼在自己的國家還要遭受這樣非人的待遇？為什麼大家如此冷漠？這個我從小看到大的這個城市變成什麼樣子了？我快認不出來了……

我沒有勇氣再次敲她家的門，幸好幾個小時後她開門走出來了。她請我進屋的時候，已經過了半夜。公寓裡完全沒變。恩珠的媽把我帶到房間裡安頓好，一邊對我說之前白天的時候她沒敢讓我進來，是因為怕鄰居看見。我跟她說了我在中國的遭遇，但遲遲不敢開口向她打聽父親的消息。她明白我的痛苦，也不敢隨便提到這件事，但她說了一件完全出乎我意料的事。

「相哲啊，就是妳姊夫，他還活著。」

「相哲？他還活著？那正鎬呢？告訴我，求求妳！」

「妳的弟弟，我沒有聽說，但是相哲，他被送進了強制勞動集中營，而且聽說病得很厲害。我想他應該已經離開集中營了，後來我就不清楚了。」

隨後她在我受傷的腿上敷生的馬鈴薯切片，她口中的「殺菌敷料」。我心底發誓絕不去打探他們的消息。不找弟弟正鎬，也不找姊夫相哲。這樣做對他們太危險了。隔天一大早，她搖醒我說得趁著天還沒亮的時候離開公寓。她往我手裡塞了一張二十韓圜的鈔票，然後祝我好運，說罷掩上了門。

離開她的那一刻，我突然覺得自己好孤單、好無助。我雖然在自己的家鄉，卻沒有人可以投靠。還有一個人可能對我伸出援手：我的姑姑。可是，她住在另一個城裡，我身上沒有證明文件，怎麼可能弄到旅行證跑去找她。我回到自己的國家，不再是非法移民了，但景況卻更糟。我成了罪犯，非法之徒，只要一出現就會危害他人，遭人排擠唾棄，一個燙手山芋。

我拖著腫脹的腳，腳麻得厲害，幾乎感覺不到痛。我於是迫於無奈地加入了無家可歸者的行列，若不想在街頭過夜的話，只剩一個選擇：火車站。

我花了兩個半小時才走到清津火車站。火車站是在一九五〇年代建造的花崗岩建築，鑲嵌著高高的窗戶，大廳入口上方掛著巨幅的金日成照片。入口兩側則懸掛了標語：

「金日成同志萬歲」

「光榮的勞動黨萬歲」

小時候如此熱情崇拜，呼喊過的口號，今日卻深深地叫我作嘔。

我可以看到站內的一角有些女人在賣餅乾、麵包、麵條和糖果。月台上，大批旅客急切地引頸等待彷彿永遠不會進站的列車。遠遠的有幾個小販，肩上背著兩、三個背包，裡面都是中國製的衣服和鞋子，那模樣就像之前的媽媽。地上還躺著幾具死屍，就在那裡，旁邊旅客小販川流，視而不見，等著保全警衛和售票員將他們一具具抬到車站角落堆在一起。等到屍體堆疊超過了十具，就會統一運到車站外面，再等著扔進貨車後車斗。

我很可能會變成其中的一具。我的腳傷口潰爛得讓周遭的人紛紛走避，沒有人朝我多看一眼，連警察也沒多理睬。我徹底地沒入其中，成為車站布景。完美的隱形。不盡快離開這個地方，我很快就會變成一具屍體。

幽魂般地晃蕩了三天，我再也熬不下去了，突然想到了羅南警察局。我想到羅南孤兒院試試運氣，為此我需要他們的批准。他們當場駁斥了我的要求，說我又不是孩童，去那裡幹嘛。我在警察局前的階梯待了七天七夜。第八天，也就是二〇〇四年八月二十七日，他們終於大發慈悲把我送到孤兒院，但依舊強調他們會一直監視我。

孤兒院的管理人讓我想起承浩的朋友，就是我第一晚初到林谷時給我支援打氣的那位先生。雖然並非是他的本意，但的確是他把我從當時我跟承浩在一起的那個房間裡喚出來，並向我表達歡迎之意。孤兒院院長也是天性善良的好人，細心地照料我的傷勢，每天都來幫我的傷口塗一層白色的粉末。這藥粉直到今日我都沒有弄懂裡面有什麼，然而卻是出奇地有效。

兩個月後，我的傷已經多少開始結痂，我也終於能夠在羅南地區自由走動了。

就在此時，有人前來孤兒院，說要找我。我心想他大概是定期前來確認我沒有逃跑的獄警，所以我表現得相當冷淡，僅維持著表面上的禮貌。後來他悄悄地跟我說，他可以幫我偷渡到中國，當下我的心幾乎要停止跳動。機會來了，我得跟著這個人才有辦法離開羅南。他聽人說我遭驅逐出境離開中國，所以主動前來，想幫我回到中國。經過數次相約羅南橋下交涉之後，我終於放心，確定他不是政府的眼線，他確確實實是一個人蛇掮客，只是想靠偷渡北韓婦女到中國賺錢。就像一九八八年時的賈由，他會把我賣給一個中國人，從買賣的金額裡抽取佣金。這套販賣模式我非常清楚。他八成會跟賈由一樣地剝削我；想去中國，這是必須付出的代價。

＊＊＊

二〇〇四年十一月二日凌晨兩點，在茂山蹲了一個禮拜之後，這次偷渡的嚮導外加一名二十三歲的北韓女子、一位老先生以及我橫渡圖們江。渡江之後，為了不讓中國公安發現，我們都揀山林小路走。比起一九八八年，邊境的巡查人員更多了。在山裡轉啊繞的，我們全失去了方向感，最後只得搭計程車前往海林，也就是嚮導居住的地方。明知這個決定非常冒險，因為中國大多數的計程車司機都是政府的耳目，但也顧不了那麼多了。我跟計程車司機用中文交談，跟他說嚮導是我的丈夫，年輕的北韓女子是我妹妹，她是個啞巴，而老先生則是我的父親。我跟他說他們都是朝鮮裔中國人，因為長年待在鄉下，所以中文說得不太好。他相信了我的話，也就沒有懷疑什麼了。

多虧了嚮導，我們進入了中國境內，但最後還是靠我拯救了大家。

等我們抵達嚮導的家時，已經是晚上九點了。

一踏入屋內，我就跟他提了阿鋼的事，表明我一定要找到他的決心。

「既然妳已經有孩子了，我就不能把妳賣了。去找妳的兒子吧。」他點燃一根菸，神態自若地說。

「……」

我說不出話來，內心澎湃激動。他也是為人父者，深知與孩子分離的痛，不過更確切地說，應該是感激我在計程車上出手相救吧。

他把電話拿給我，讓我打電話給阿鋼。腦海立刻出現一組電話號碼，那是二〇〇三年承浩從哈爾濱打電話給他父母時撥的號碼。我急忙接過電話。第一次接通，對方馬上就掛掉。第二次嘗試，接電話的是承浩的母親，我搶先掛斷電話。第三次，我終於敢低聲地呼喊：

「阿鋼，是媽媽……我是媽媽！」

這一次，另一頭先是一陣靜默，緊跟著傳來啜泣聲。是阿鋼的聲音。我知道他認出我的聲音了，於是我掛斷電話，不再打了。我已經知道他在哪裡，現在只要去接他就行了。

＊＊＊

二〇〇五年三月十八日，我成功地綁架了阿鋼逃離承浩的家。之後在延邊我母親的一位遠房姑姑家裡住了幾天，最後在二〇〇五年三月二十一日，奔赴北京。

我們倆跟著一群和我們一樣計畫穿越蒙古沙漠前往烏蘭巴托*的北韓人同行，希望能到那裡的南韓大使館申請庇護。

＊＊＊

昂首闊步向前行，裝出自己活得好好的樣子，真的很不容易。

「阿鋼，過來，牽著我的手。不要怕，只剩兩百公尺了。你看到遠遠的那些鐵絲網了嗎？後面就是蒙古。你跟我，我們兩個就好好地走，不需要像別人那樣拚命地跑。你等著，一切都會很順利的。」

＊ 譯註：蒙古首都，舊名庫倫。

是墮入煉獄，還是奔向人生，都已無所謂，奔逃開始了。

其他難民拔腿衝刺他們人生中的這兩百公尺，一個一個的超越我們母子，跑在前頭。我和阿鋼踏著堅定的步伐，他挺直他五歲的身子，我死命抬起痙攣僵硬的腿。他的手心冰涼，但眼神中的恐懼已經被信心取代。

遠遠傳來警車蜂鳴器聲響，愈來愈逼近。往事一幕幕閃過心頭，監獄、北韓、煉獄……我對自己說，我絕不允許我的兒子再次目睹親生母親雙手被銬。

我還沒回過神前，一個男人已經拉住阿鋼，舉起他就甩在背上，拔腿往鐵絲網柵欄狂奔；我也抓住那個陌生人的手，拚命地跑起來。是跑了幾秒鐘？還是幾分鐘？或是一輩子？我說不上來，但有一件事是肯定的：鐵絲網、警鈴，還有飛揚的塵土都確確實實地被我們拋在身後了；蒙古，就在我們眼前。

還有那個男人，朱廣鉉。我的孩子和我無畏生死，勇敢地想挑戰人生，而他甘冒生命的危險，伸手救我們。他知不知道剛剛跑完的兩百公尺，並不是一場競賽的結束，而是一個開始？他知道不知道自己剛剛報名參加了一場長度未知，與我們攜手共進的人生競賽？

後話

北韓也有愛的故事。

智賢愛上了她和阿鋼的救命恩人；蒙古沙漠結識後，他們一起在中國共同生活了三年。在二〇〇七年十一月，他們認識了一位美籍傳教士，護送他們到北京的聯合國辦事處。

二〇〇八年一月二十八日，朱廣鉉、阿鋼和智賢飛抵英國倫敦希斯羅機場，英國給了他們政治難民的身分。

智賢和她的先生目前住在曼徹斯特附近的貝里。兩人之後又有了兩個孩子。阿鋼已進入倫敦一間著名的大學就讀，適應得非常好。二兒子裕章現年十二歲，小女兒裕貞十歲；兩個小孩在各自就讀的學校裡，皆以數學表現優異而著稱，跟他們同母異父的哥哥阿鋼，還有他們的母親一樣。

智賢利用晚上學英文，兩年後，也就是二〇一〇年，她獲得GCSE「中等教育普通證書」（Genural Certificate of Secondary Education）。同時開始投入人權保護運動，二〇一四年進一步成為中堅的官方積極推動者。

二〇一四年，國際特赦組織著手將她的人生經歷拍攝成紀錄片。此片的拍攝正是我倆相識的契機。

時至今日，智賢始終沒有家人的消息。她不知道她的母親是否還在人世。她只知道母親跟她一樣也是被賣到中國。當她決定拋夫棄子前往中國時，美其名是要去賺錢，或許多少已經知道自己將會成為奴隸。儘管如此，智賢仍覺得母親出賣了她，始終無法釋懷。

她不知道弟弟正鎬的下落。

她的姊姊和外甥女依舊是生死未卜。

她的姊夫相哲病得很重，人還在北韓。

本書第十一章那封寫給父親的信，智賢一直帶在身上。每當她想起父親，就會想起這封信，隨著歲月時程的拉長，這封信逐漸烙印在她心底。她永遠無法原諒自己如此狠心拋下了他。

二〇一六年我到曼徹斯特探望她的時候，她先生送了一把剛從自家庭院裡摘下的青蔥給我，鬚根上還黏著濕濕的土……我想。我知道這份禮物象徵的意義。對我來說，這是「情」的表現。我卻無法跟西方朋友解釋清楚這個字所代表的意涵。我跟他們說那是混雜了友誼、眷戀、懷念、關愛、溫馨和善意的一種情感。但這樣的翻譯，我始終感到很不滿意。那是近似一種「對他人萌生的親密情感，那情感強烈到若不將部分的自己交給他，就無法讓他離去」。

人與人之間的關係一旦確立，就算從外在的角度來看，兩人毫無共通點，但只要兩人開始共同擁有一段過去，一份歷史傳承，從那一刻起，情便自然流露。

外面的人看北韓如霧裡看花，沒有人知道裡面確實發生了什麼。只有住在裡面的人看得透。

我透過智賢的眼，由內部探索這個國家，然後嘗試著捕捉內部與外界之間的矛盾。這個女兒，對祖國赤膽忠心，卻因家貧，無法保住父親的性命；這個模範生，大半輩子理所當然地接受洗腦教育，卻在當上老師，由內部跨到外界之後，才明白內部貪瀆腐敗規模之大；這個女子，痛遭親生母親和親姊姊背叛，卻願意寬恕她們，只求換取她們的一點音訊。

由外界，我看不到的是：這一切的矛盾。這一切的撕裂。

記錄下這篇真實見證的目的，就是希望能解開這些矛盾的結。希望藉由分享和傳播兩韓女子化解心結的方式，化解兩韓歷史的諸多情結。一個一個地化解開。她們證明了無論北方或南方，撇開實際存在的歧見不談，雙方對南北統一都有著深切的期盼，而且正朝著這個目標邁進。

Soul 009

我想活下去：從大饑荒與我們最幸福中逃亡，兩韓女子的眞實對話

作　　者—朴智賢／徐琳
出 版 者—大田出版有限公司
台北市一○四四五中山北路二段二十六巷二號二樓
E-mail—titan3@ms22.hinet.net http://www.titan3.com.tw
編輯部專線—（02）2562-1383 傳眞：（02）2581-8761
總 編 輯—莊培園
副總編輯—蔡鳳儀
行銷編輯—陳映璇／王羿婷
校　　對—金文蕙／黃薇霓
內頁美術—陳柔含
初　　刷—二○二○年四月一日 定價：三九○元
總 經 銷—知己圖書股份有限公司
台　　北—一○六台北市大安區辛亥路一段三十號九樓
TEL：02-23672044／23672047 FAX：02-2363-5741
台　　中—四○七台中市西屯區工業三十路一號一樓
TEL：04-23595819 FAX：04-2359-5493
E-mail—service@morningstar.com.tw
網路書店—http://www.morningstar.com.tw
郵政劃撥—15060393（知己圖書股份有限公司）
印　　刷—上好印刷股份有限公司
國際書碼—978-986-179-588-1 CIP：862.6/108022042

填回函雙重禮
①立即送購書優惠券
②抽獎小禮物

國家圖書館出版品預行編目資料

我想活下去：在饑荒與我們最幸福中逃亡，兩韓女子的眞實對話／朴智賢、徐琳著．——初版——臺北市：大田，2020.04
面；公分．——（Soul；009）

ISBN 978-986-179-588-1（平裝）

862.6　　108022042

Cet ouvrage, publié dans le cadre du Programme d'Aide à la Publication « Hu Pinching », bénéficie du soutien du Bureau Français de Taipei. 本書獲法國在台協會《胡品清出版補助計劃》支持出版。